哈福

哈福

哈福

哈福

— 依教育部課綱編寫 國中會考必備 —

用中文輕鬆學英文 單字篇

·初學英語最強入門書·

Cheap
〔汽波〕
便宜的

beautiful
〔鏢悠替霍兒〕
漂亮的

delicious
〔滴利杇兒思〕
好吃的

active
〔耶刻替夫〕
活耀的

只要會中文，就能開口說英語

附QR碼線上音檔
行動學習 即刷即聽

張瑪麗 ◎編著

哈福

前言

中文拼音輔助，英語馬上開口說

◆依教育部課綱編寫，國中會考必備！

◆本書根據教育部頒布單字表 2000單字， 還包括較簡單、一定要會的1 0 0 0單字。

在閱讀本書的時候，也許你還沒學過英文；也許你學過幾年的英文，但看到英文單字出現在你面前時，你還是不會唸，這時候你就會覺得英語很難。老師教了又教，你學了又學，怎麼都學不會，令你很傷腦筋，對不對？

現在，不管你有沒有學過，都沒關係，我們幫你想到了一個好方法。

讓我們一起腦筋急轉彎一下吧，換個方式——用中文注音輔助來學英語。你不是不費吹灰之力，就學會了呢？

「哇！學英語真的很有趣！很輕鬆！英語變簡單了耶！」你一定會這麼認為。

擁有本書，英語不用死背，輕鬆玩，輕鬆學，考試一樣可以拿滿分。

學英語，先要學好單字，這是學英語最基本的要求。本書是根據教育部最新編訂國中小英語常單字 2000 編寫而成。你把這 2000 單字學會的話，你就是個英語通，保證你的英語成績一定名列前茅。

這 2000 個單字，剛好也是為日常英語會話中最常用到、出現頻率最高的單字，為了方便您的記憶，我們詳加整理歸納，並聘請台大高材生協力精修完成，讓同學們學得輕鬆、背得容易，以期瞬間能夠迅速增加數倍的功力，在學習上獲得最大的成就感，輕鬆突破英語考科的學力測驗。

本書特色

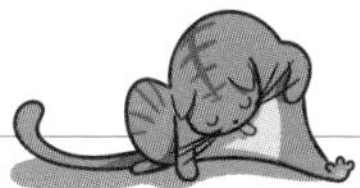

本書採簡易中文注音學習法，這是為了方便，國中、小學生，學習英語有障礙者、初學英語，有心學好英語，或想更快把英語學好的人編寫而成，也是最佳英語輔助教材。每個英文單字的下面都有中文注音，你只要看著中文，你就會唸英文了，學英語就是這麼簡單，不要把他想得太難，接近他，很容易就會了。

不過，在這裡要提醒各位的是，因為有些英文的發音，中文裡頭並沒有，所以只能以近似的注音，在學會唸之後，最好還要搭配線上MP3學習，模倣線上MP3裡頭，老外的發音，哇！這樣的英文一定不得了，誰也沒有辦法跟你比了。

雙語時代來臨了，英語是你一定要會的一種語言，不但國中、高中要學英語，現在更擴大到小學、甚至幼稚園都要學英語，在學期間考試要考英語，大學要英語檢定及格才可以畢業，將來學校畢業後，到社會上找工作，也要通過英語檢定考試才能找到好工作。

英語是求學和找工作必備的工具，也是每個人生階段都要面臨的課題，既然如此，那就早點把英語學好吧，你的人生就會變彩色，無往不利喔！

本書架構

內頁使用說明

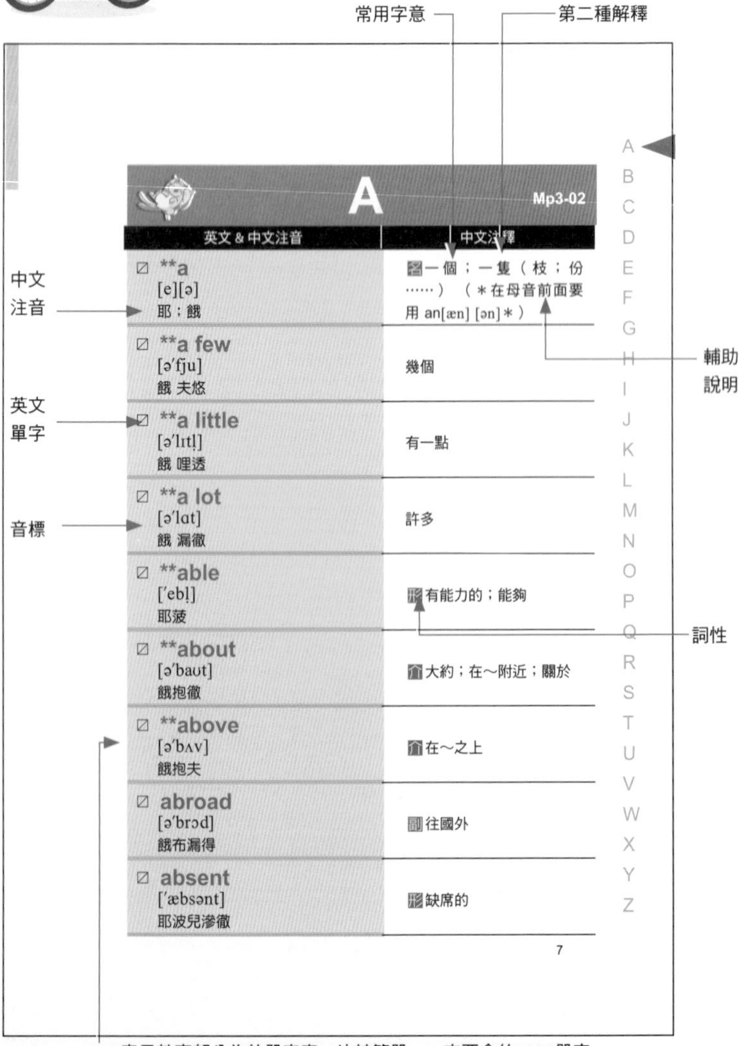

常用字意
第二種解釋
中文注音
英文單字
音標
輔助說明
詞性

A

Mp3-02

英文 & 中文注音	中文注釋
☑ **a [e][ə] 耶；餓	名 一個；一隻（枝；份……）（＊在母音前面要用 an[æn] [ən]＊）
☑ **a few [ə'fju] 餓 夫悠	幾個
☑ **a little [ə'lɪtḷ] 餓 哩透	有一點
☑ **a lot [ə'lɑt] 餓 漏徹	許多
☑ **able ['ebḷ] 耶菠	形 有能力的；能夠
☑ **about [ə'baʊt] 餓抱徹	介 大約；在～附近；關於
☑ **above [ə'bʌv] 餓抱夫	介 在～之上
☑ abroad [ə'brɔd] 餓布漏得	副 往國外
☑ absent ['æbsənt] 耶波兒滲徹	形 缺席的

A B C D E F G H I J K L M N O P Q R S T U V W X Y Z

7

＊＊表示教育部公佈的單字表。比較簡單、一定要會的1000單字。

使用說明

符號一覽表

名 名詞	動 動詞
形 形容詞	副 副詞
介 介系詞	代 代名詞
連 連接詞	嘆 感嘆詞
助 助動詞	片 片語

學習小叮嚀

教育部頒布單字表2000單字，包括較簡單、一定要會的1000單字，這些字本書中在單字前用＊＊標明，幫助讀者更容易學習。只要持之以恆、經常複習這些單字，你的英語程度一定能快速突破。

現在開始學習了！

Contents
目錄

A

Mp3-02

英文 & 中文注音	中文注釋
☑ **a [e][ə] 耶；餓	名 一個；一隻（枝；份……）（＊在母音前面要用 an[æn] [ən]＊）
☑ **a few [əˈfju] 餓 夫悠	片 幾個
☑ **a little [əˈlɪtl̩] 餓 哩透	片 有一點
☑ **a lot [əˈlɑt] 餓 漏徹	片 許多
☑ **able [ˈebl̩] 耶菠	形 有能力的；能夠
☑ **about [əˈbaʊt] 餓抱徹	介 大約；在～附近；關於
☑ **above [əˈbʌv] 餓抱夫	介 在～之上
☑ abroad [əˈbrɔd] 餓布漏得	副 往國外
☑ absent [ˈæbsənt] 耶波兒滲徹	形 缺席的

英文 & 中文注音	中文注釋
☑ **accept** [ək'sɛpt] 耶刻洩波徹	動 接受
☑ **accident** ['æksədənt] 耶刻細得兒因徹	名 意外事件；橫禍；車禍；交通事故
☑ **across** [ə'krɔs] 餓克漏斯	介 在～對面 副 橫越
☑ **act** [ækt] 葉刻徹	名 行為；（戲劇）一幕 動 表演；舉止
☑ **action** ['ækʃən] 耶刻遜	名 行動；動作
☑ **active** ['æktɪv] 耶刻替夫	形 活躍的；有生氣的
☑ **activity** [æk'tɪvətɪ] 耶刻替佛兒替	名 活動
☑ **actor** ['æktɚ] 耶刻特兒	名 男演員；（通稱）演員
☑ **actress** ['æktrɪs] 耶刻粗累斯	名 女演員
☑ **actually** ['æktʃʊəlɪ] 耶刻球兒利	副 實際上

英文 & 中文注音	中文注釋
☑ **add** [æd] 葉得	動 加；加上
☑ **address** ['ædrɛs] 耶珠瑞斯	名 地址 動 [æ'drɛs] 對聽眾講話；提出
☑ **admire** [əd'maɪr] 耶得賣兒	動 佩服；讚賞
☑ **adult** [ə'dʌlt] 耶到兒徹	名 成人 形 成人的；成熟的
☑ **advertisement** [ˌædvɚ'taɪzmənt] 耶得佛太斯悶徹	名 廣告
☑ **advice** [əd'vaɪs] 耶得外斯	名 忠言；勸告；建議
☑ **advise** [əd'vaɪz] 耶得外斯	動 勸告；警告；通知
☑ **affect** [ə'fɛkt] 耳費刻徹	動 影響到
☑ ****afraid** [ə'fred] 餓夫烈得	形 害怕；恐怕
☑ ****after** ['æftɚ] 耶夫特兒	介 在～之後 副 之後

A B C D E F G H I J K L M N O P Q R S T U V W X Y Z

英文 & 中文注音	中文注釋
☑ ****afternoon** [ˌæftɚˈnun] 耶夫特兒嫩	名 下午
☑ ****again** [əˈgen] 阿哥硯	副 再度；又
☑ **against** [əˈgɛnst] 耶給恩斯徹	介 反對；以～為競爭對手
☑ ****age** [edʒ] 耶矩	名 年齡
☑ ****ago** [əˈgo] 阿夠	形（某段時間）以前 副 之前
☑ ****agree** [əˈgri] 阿骨力	動 同意；一致；意見相合
☑ **ahead** [əˈhɛd] 耶黑得	副 預先； 在前面
☑ **aim** [em] 硯恩	動 瞄準 名 靶子
☑ ****air** [ɛr] 葉兒	名 空氣；（擺）架子
☑ **air conditioner** [ˈɛr kənˈdɪʃənɚ] 葉兒 康滴遜呢	名 冷氣機；空調器

英文 & 中文注音	中文注釋
☑ **airlines** ['ɛr,laɪnz] 葉兒賴恩斯	名 航空公司 （＊指一家航空公司時，動詞要用單數形＊）
☑ ****airplane** ['ɛrplen] 葉兒樸念	名 飛機（簡稱plane）
☑ ****airport** ['ɛr,port] 葉兒破徹	名 飛機場
☑ **alarm** [ə'lɑrm] 耳辣恩	動 警示 名 警報器；鬧鐘
☑ **album** ['ælbəm] 耶兒笨恩	名 相簿；唱片專輯
☑ **alike** [ə'laɪk] 耶賴刻	形 同樣的
☑ **alive** [ə'laɪv] 耶賴夫	形 活著的；活靈活現的
☑ ****all** [ɔl] 嘔	形 全部 代 所有的人或物
☑ **allow** [ə'laʊ] 嘔勞	動 允許；容許
☑ ****almost** ['ɔl,most] 嘔莫斯徹	副 幾乎

英文 & 中文注音	中文注釋
☐ alone [ə'lon] 耳弄	形 單獨的；獨自
☐ **along [ə'lɔŋ] 耳弄	介 沿著；循著
☐ aloud [ə'laʊd] 耳勞得	副 大聲地
☐ alphabet ['ælfəbɛt] 阿發貝徹	名 字母
☐ **already [ɔl'rɛdɪ] 嘔瑞滴	副 已經
☐ **also ['ɔlso] 嘔搜	副 也
☐ altogether [ˌɔltə'gɛðɚ] 歐特給耶惹兒	副 總計；全部
☐ **always ['ɔlwez] 嘔偉日	副 總是
☐ **a.m. ['e'ɛm] 耶 硯恩	午前；上午
☐ **am [æm] 硯恩	動 是（be動詞第一人稱單數現在式）

英文 & 中文注音	中文注釋
☑ **ambulance** ['æmbjələns] 煙鏢嫩斯	名 救護車
☑ ****America (U.S.A)** [ə'mɛrɪkə] 耳妹瑞刻	名 美國的簡稱；美洲
☑ ****American** [ə'mɛrɪkən] 耳妹瑞肯	名 美國人 形 美國的；美國製的
☑ **among** [ə'mʌŋ] 耳慢	介 在～中間；之中
☑ **ancient** ['enʃənt] 耶刻細得兒恩徹	形 古老的；從前的
☑ ****and** [ænd] 恩得	連 和；而且
☑ **angel** ['endʒəl] 煙舉兒	名 天使；安琪兒
☑ **anger** ['æŋgɚ] 煙格兒	名 氣憤；怒氣 動 激怒
☑ ****angry** ['æŋgrɪ] 煙格瑞	形 生氣的
☑ **ankle** ['æŋkḷ] 煙刻兒	名 腳踝

英文 & 中文注音	中文注釋
☑ **animal ['ænəmḷ] 耶尼莫	名 動物
☑ **another [ə'nʌðɚ] 俺那惹兒	形 另一個 代 另一人；另一物
☑ **answer ['ænsɚ] 俺那惹兒	名 答案 動 回答
☑ ant [ænt] 硯徹	名 螞蟻
☑ **any ['ɛnɪ] 耶溺	形 任何；一點也～（沒有）
☑ **anybody ['ɛnɪ,bɑdɪ] 耶呢巴滴	代 任何人；（用於疑問句）誰
☑ **anyone ['ɛnɪ,wʌn] 耶呢萬	代 任何一個人
☑ **anything ['ɛnɪ,θɪŋ] 耶呢信	代 任何東西
☑ anywhere ['ɛnɪ,hwɛr] 耶尼惠兒	副 任何地方；無論何處
☑ **apartment [ə'pɑrtmənt] 阿帕徹悶徹	名 公寓

英文 & 中文注音	中文注釋
☑ **apologize** [ə'pɑlə,dʒaɪz] 阿波羅架哀日	動 道歉
☑ ****appear** [ə'pɪr] 阿屁兒	動 出現；顯得……
☑ ****apple** ['æpḷ]	名 蘋果
☑ **appreciate** [ə'priʃɪ,et] 耶普利須耶徹	動 欣賞；（口語）為某事道謝
☑ ****April** ['eprəl] 耶破兒	名 四月
☑ ****are** [ɑr] 啊兒	動 是（be動詞複數形或第二人稱單數現在式）
☑ **area** ['ɛrɪə] 耶瑞兒	名 區域；地區；範圍
☑ **argue** ['ɑrgjʊ] 啊格悠	動 爭論；拌嘴
☑ ****arm** [ɑrm] 啊兒恩	名 手臂
☑ **armchair** ['ɑrm,tʃɛr] 阿恩卻兒	名 有扶手的椅子

A B C D E F G H I J K L M N O P Q R S T U V W X Y Z

英文 & 中文注音	中文注釋
☑ army [′ɑrmɪ] 阿咪	名 陸軍
☑ **around [ə′raʊnd] 耳亂得	副 四周；（時間）前後；大約
☑ arrange [ə′rendʒ] 耳瑞舉	動 安排；整理
☑ **arrive [ə′raɪv] 耳瑞夫	動 抵達
☑ **art [ɑrt] 啊徹	名 藝術
☑ artist [′ɑrtɪst] 阿替斯徹	名 藝術家；美術家
☑ **as [æz] 耶日	副 像；例如
☑ **ask [æsk] 啊斯柯	動 問；要求
☑ asleep [ə′slip] 阿斯利普	形 熟睡的；睡著的
☑ assistant [ə′sɪstənt] 耶刻細得恩徹	名 助手

英文 & 中文注音	中文注釋
☐ **assume** [ə'sjum] 耳休恩	動 假定；臆測
☐ ****at** [æt] 耶徹	介 在～；正在～
☐ **attack** [ə'tæk] 耳貼克	動 攻擊；襲擊
☐ **attention** [ə'tɛnʃən] 耳天遜	名 注意力；專心一意；關注
☐ ****August** ['ɔgəst] 歐哥兒斯徹	名 八月
☐ ****aunt** [ænt] 硯恩徹	名 伯母；姨媽
☐ ****autumn** ['ɔtəm] 歐特兒恩	名 秋季
☐ **available** [ə'veləbl̩] 耳非了波	形 可得的；有空的
☐ **avoid** [ə'vɔɪd] 耳播衣得	動 閃避；逃避；取消
☐ ****away** [ə'we] 歐衛	副 離開地 形 不在的

A B C D E F G H I J K L M N O P Q R S T U V W X Y Z

B

Mp3-03

英文 & 中文注音	中文注釋
☑ ****baby** ['bebɪ] 卑比	名 嬰兒
☑ **baby sitter** ['bebɪ,sɪtɚ] 貝比 細特兒	名 保姆
☑ ****back** [bæk] 貝克	名 背部 副 回來 動 退後
☑ **backward** ['bækwɚd] 貝刻握得	形 向後的；回向原處的
☑ ****bad** [bæd] 貝得	形 不好
☑ **badminton** ['bædmɪntən] 貝得密特恩	名 羽毛球
☑ ****bag** [bæg] 貝哥	名 袋子；行李 動 用袋子裝
☑ **bake** [bek] 貝克	動 烘烤
☑ ****bakery** ['bekərɪ] 貝刻瑞	名 麵包廠；西點麵包店

英文 & 中文注音	中文注釋
☑ **balcony** [ˈbælkənɪ] 巴刻兒尼	名 陽臺；二樓包廂
☑ ****ball** [bɔl] 播兒	名 球
☑ **balloon** [bəˈlun] 波兒潤	名 氣球
☑ ****banana** [bəˈnænə] 波內那	名 香蕉
☑ ****band** [bænd] 變得	名 錶帶；細繩；帶子；管樂隊；（收音機）波段
☑ ****bank** [bæŋk] 變刻	名 銀行；河岸
☑ **barbecue** [ˈbɑrbɪˌkju] 巴比刻悠	名 烤肉（簡寫為BBQ）
☑ **barber** [ˈbɑrbɚ] 巴波兒	名 理髮師
☑ **bark** [bɑrk] 霸刻	動 狗吠 名 吠聲；樹皮
☑ **base** [bes] 貝斯	名 基礎；基地；（棒球）壘包 動 奠基於；根據

英文 & 中文注音	中文注釋
☑ ****baseball** [ˈbesˌbɔl] 貝斯播兒	名 棒球
☑ **basement** [ˈbesmənt] 貝斯門徹	名 地下室
☑ **basic** [ˈbesɪk] 貝細刻	形 基本的
☑ ****basket** [ˈbæskɪt] 貝斯刻衣徹	名 籃子
☑ ****basketball** [ˈbæskɪtˌbɔl] 貝斯刻衣徹博兒	名 籃球
☑ **bat** [bæt] 貝徹	名 球棒；蝙蝠
☑ ****bath** [bæθ] 貝斯	名 沐浴；洗澡
☑ **bathe** [beð] 貝斯	動 洗澡
☑ ****bathroom** [ˈbæθˌrum] 貝斯潤	名 浴室；廁所

英文 & 中文注音	中文注釋
☑ ****be** [bi] 碧	動 be動詞的原形 （＊以下都是be動詞＊） am　第一人稱 are　第二人稱 is　第三人稱單數 was　第三人稱單數過去式 were　複數形過去式 been　過去分詞
☑ ****beach** [bitʃ] 碧取	名 海濱
☑ **bean** [bin] 碧印	名 豆；蠶豆
☑ ****bear** [bɛr] 貝兒	名 熊 動 忍受
☑ **beard** [bɪrd] 碧兒得	名（下巴上的）鬍鬚
☑ **beat** [bit] 碧徹	動 打擊；擊敗 名 節拍
☑ ****beautiful** [ˈbjutəfəl] 鏢悠替霍兒	形 美麗的；漂亮的
☑ **beauty** [ˈbjutɪ] 鏢悠替	名 美麗；美人

英文 & 中文注音	中文注釋
☑ ****because** [bɪˈkɔz] 比扣斯	連 因為
☑ ****become** [bɪˈkʌm] 比抗恩	動 變為；變得
☑ ****bed** [bɛd] 貝得	名 床
☑ ****bedroom** [ˈbɛdˌrum] 貝得潤	名 臥室
☑ ****bee** [bi] 鼊	名 蜂
☑ ****beef** [bif] 鼊夫	名 牛肉
☑ ****been** [bin] 碧印	動 是（be的過去分詞）
☑ **beer** [bɪr] 碧兒	名 啤酒
☑ ****before** [bɪˈfor] 比霍	介 之前
☑ ****begin** [bɪˈgɪn] 比哥衣印	動 開始

英文 & 中文注音	中文注釋
☑ beginner [bɪ'gɪnɚ] 比哥印呢兒	名 初學者
☑ beginning [bɪ'gɪnɪŋ] 比哥印寧	名 開始；起始
☑ behave [bɪ'hev] 比黑夫	動 舉止；守規矩
☑ **behind [bɪ'haɪnd] 比害恩得	介 在～的後面
☑ **believe [bɪ'liv] 波利夫	動 相信
☑ **bell [bɛl] 貝兒	名 鐘；鈴
☑ **belong [bɪ'lɔŋ] 比弄	動 屬於
☑ **below [bɪ'lo] 比漏	介 低於；在～下方
☑ **belt [bɛlt] 貝兒徹	名 皮帶；輸送帶
☑ bench [bɛntʃ] 變取	名 長凳子

英文 & 中文注音	中文注釋
☑ ****beside** [bɪ'saɪd] 比賽得	介 在～之旁
☑ **besides** [bɪ'saɪdz] 比賽斯	介 除～之外；還有；何況
☑ ****between** [bɪ'twin] 比退印	介 在～之間
☑ **beyond** [bɪ'jɑnd] 比漾得	介 超出；超越～之外
☑ ****bicycle** ['baɪˌsɪkl̩] 掰細扣	名 自行車；腳踏車（簡稱 bike）
☑ ****big** [bɪg] 碧哥	形 大的
☑ **bill** [bɪl] 碧兒	名 帳單；紙幣 動 開帳單
☑ **biology** [baɪ'ɑlədʒɪ] 拜歐了舉	名 生物學
☑ ****bird** [bɝd] 播兒得	名 鳥
☑ ****birthday** ['bɝθˌde] 播兒斯碟	名 生日

英文 & 中文注音	中文注釋
☑ ****bite** [baɪt] 拜徹	動 咬 名 一口；（口語）簡單的飲食
☑ **bitter** [ˈbɪtɚ] 比特兒	形 苦的 名 苦味
☑ ****black** [blæk] 布累克	形 黑色的 名 黑色
☑ ****blackboard** [ˈblækˌbord] 布累克播兒得	名 黑板
☑ **blame** [blem] 布念	動 埋怨；怪罪 名 譴責
☑ **blank** [blæŋk] 布念刻	形 空白的 名 空格
☑ **blanket** [ˈblæŋkɪt] 布念刻徹	名 毯子
☑ ****blind** [blaɪnd] 布賴恩得	形 瞎的 名 百葉窗 動 使看不到
☑ ****block** [blɑk] 布辣克	名 方塊；（市區裡）街段
☑ **blood** [blʌd] 布辣得	名 血

英文 & 中文注音	中文注釋
☑ **blouse** [blaʊs] 布勞斯	名（女性）寬鬆的上衣
☑ ****blow** [blo] 布漏	動 吹
☑ ****blue** [blu] 布路	形 藍色的；憂鬱的 名 藍色
☑ ****boat** [bot] 播徹	名 遊艇；船艇
☑ ****body** [bɑdɪ] 巴滴	名 身體；身軀
☑ **boil** [bɔɪl] 波衣兒	動 煮沸
☑ **bomb** [bɑm] 霸恩	名 炸彈 動 轟炸
☑ **bone** [bon] 播恩	名 骨頭
☑ ****book** [bʊk] 布刻	名 書 動 預訂
☑ **bookcase** [ˈbʊkˌkes] 布克刻耶斯	名 書櫃；書包

英文 & 中文注音	中文注釋
☑ **bookstore ['bʊkˌstor] 布刻斯逗兒	名 書店
☑ **bored [bord] 播兒得	形 無聊的
☑ **boring ['borɪŋ] 播兒零	形 乏味的
☑ **born [bɔrn] 播兒恩	動 出生（bear的過去分詞，過去式bore）
☑ **borrow ['baro] 巴囉	動 借用
☑ **boss [bɔs] 播斯	名 主管；老闆
☑ **both [boθ] 播溼	形 兩者的 副 兩者都……
☑ bother ['baðɚ] 巴惹兒	動 打擾；困擾
☑ **bottle ['batḷ] 巴頭	名 瓶子
☑ **bottom ['batəm] 巴特恩	名 底層

A B C D E F G H I J K L M N O P Q R S T U V W X Y Z

英文 & 中文注音	中文注釋
☑ **bow** [baʊ] 把	動 鞠躬 名 [bo] 弓；蝴蝶結
☑ ****bowl** [bol] 播兒	名 碗
☑ **bowling** [ˈbolɪŋ] 播兒寧	名 打保齡球
☑ ****box** [bɑks] 巴克斯	名 盒子；箱子
☑ ****boy** [bɔɪ] 播衣	名 男孩
☑ **branch** [bræntʃ] 布念取	名 樹枝；分支機構
☑ **brave** [brev] 布烈夫	形 勇敢的
☑ ****bread** [brɛd] 布累得	名 麵包
☑ ****break** [brek] 布累克	動 打破 名 短暫的休息
☑ ****breakfast** [ˈbrɛkfəst] 布累克霍斯徹	名 早餐

英文 & 中文注音	中文注釋
☑ **brick** [brɪk] 布利刻	名 磚
☑ ****bridge** [brɪdʒ] 布利舉	名 橋樑
☑ ****bright** [braɪt] 布賴徹	形 明亮的；鮮豔的
☑ ****bring** [brɪŋ] 布吝	動 帶來
☑ **broad** [brɔd] 布漏得	形 廣大的；明顯的
☑ **broadcast** [ˈbrɔdˌkæst] 布漏得刻耶斯徹	動 廣播；播送 名 廣播
☑ ****brother** [ˈbrʌðɚ] 布拉惹兒	名 兄弟
☑ ****brown** [braʊn] 布浪	形 褐色的 名 褐色
☑ **brunch** [brʌntʃ] 布爛取	名（早上十點、十一點左右吃的）早午餐
☑ ****brush** [brʌʃ] 布辣須	名 刷子 動 刷

英文 & 中文注音	中文注釋
☑ **bucket** [ˈbʌkɪt] 巴刻衣徹	名 水桶
☑ **buffet** [bʌˈfe] 巴費	名 任顧客吃到飽的餐點
☑ **bug** [bʌg] 霸哥	名 蟲類；（電腦程式的）錯誤
☑ ****build** [bɪld] 碧兒得	動 建造
☑ **building** [ˈbɪldɪŋ] 比兒丁	名 建築物；大樓
☑ **bun** [bʌn] 霸恩	名 麵包
☑ **bundle** [ˈbʌndḷ] 幫得兒	名 捆；紮成一包
☑ **burger** [ˈbɝgɚ] 播個兒	名 漢堡
☑ ****burn** [bɝn] 播兒恩	動 燃燒
☑ **burst** [bɝst] 播兒斯徹	動 爆裂；迸出

英文 & 中文注音	中文注釋
☑ **bus [bʌs] 巴斯	名 公車
☑ **business ['bɪznɪs] 卑斯溺斯	名 生意；商務；事務
☑ **businessman ['bɪznɪs,mæn] 卑斯溺斯悶	名 商人
☑ **busy ['bɪzɪ] 卑日衣	形 忙的
☑ **but [bʌt] 巴徹	連 但是；除～外
☑ **butter ['bʌtɚ] 巴特兒	名 奶油
☑ butterfly ['bʌtɚ,flaɪ] 巴特兒夫賴	名 蝴蝶
☑ button ['bʌtn̩] 巴特兒恩	名 鈕釦 動 扣鈕釦
☑ **buy [baɪ] 拜	動 買；請客
☑ **by [baɪ] 拜	介 在～旁邊；在（時間）之前

A B C D E F G H I J K L M N O P Q R S T U V W X Y Z

C

Mp3-04

英文 & 中文注音	中文注釋
☑ **cabbage** ['kæbɪdʒ] 軋比舉	名 甘藍菜
☑ **cable** ['kebl̩] 刻耶波兒	名 電纜
☑ **cafeteria** [ˌkæfə'tɪrɪə] 刻耶霍替瑞兒	名 自助餐廳
☑ **cage** [kedʒ] 刻耶舉	名 籠子
☑ ****cake** [kek] 柯耶刻	名 蛋糕
☑ **calendar** ['kæləndɚ] 卡念得兒	名 日曆
☑ ****call** [kɔl] 叩	動 叫；打電話 名 電話；叫聲
☑ **calm** [kɑm] 抗恩	形 冷靜的；平靜的 名 冷靜；平靜
☑ ****camera** ['kæmərə] 刻耶麼囉	名 照相機

英文 & 中文注音	中文注釋
☐ **camp [ˈkæmp] 肯恩波	名 營 動 露營
☐ campus [ˈkæmpəs] 肯波兒斯	名 校園
☐ **can [kæn] 肯恩	動 能；可以（過去式是 could） 名 罐頭
☐ cancel [ˈkænsl̩] 肯煙色	動 取消；中止
☐ cancer [ˈkænsɚ] 肯煙色兒	名 癌；癌症
☐ candle [ˈkændl̩] 肯煙逗兒	名 蠟燭
☐ **candy [ˈkændɪ] 肯恩滴	名 糖果
☐ **cap [kæp] 柯耶波	名 無邊帽；瓶蓋
☐ captain [ˈkæptən] 柯波兒特兒恩	名 隊長；上尉
☐ **car [kɑr] 卡兒	名 汽車

英文 & 中文注音	中文注釋
☐ ****card** [kɑrd] 卡兒得	名 紙牌
☐ ****care** [kɛr] 柯耶兒	動 關心；在乎；照顧 名 小心
☐ ****careful** [ˈkɛrfəl] 柯耶兒霍兒	形 小心的；仔細的
☐ **careless** [ˈkɛrlɪs] 柯耶兒累斯	形 不小心的；粗心的
☐ **carpet** [ˈkɑrpɪt] 卡比徹	名 地毯
☐ **carrot** [ˈkærət] 刻耶囉徹	名 胡蘿蔔
☐ ****carry** [ˈkærɪ] 柯耶瑞	動 攜帶；（商店）供貨
☐ **cartoon** [kɑrˈtun] 卡褪恩	名 卡通；漫畫
☐ ****case** [kes] 柯耶斯	名 事件；盒子；案件
☐ **cash** [kæʃ] 刻耶須	名 現金 動 兌現

英文 & 中文注音	中文注釋
☑ **cassette** [kə'sɛt] 卡洩徹	名 卡式（磁帶）
☑ **castle** ['kæsl̩] 卡色	名 古堡
☑ ****cat** [kæt] 柯耶徹	名 貓
☑ ****catch** [kætʃ] 柯耶取	動 趕上；捕捉；染上（疾病）
☑ **cause** [kɔz] 叩斯	名 原因；理由；（口語）因為
☑ **ceiling** ['silɪŋ] 細寧	名 天花板
☑ ****celebrate** ['sɛlə,bret] 塞了布烈徹	動 慶祝
☑ ****cell phone** ['sɛl,fon] 誰兒奉恩	名 手機；無線電話
☑ ****cent** [sɛnt] 羨徹	名 一分錢
☑ ****center** ['sɛntɚ] 羨煙特兒	名 中心

A B C D E F G H I J K L M N O P Q R S T U V W X Y Z

英文 & 中文注音	中文注釋
☑ centimeter ['sɛntəˌmitɚ] 羨滴密特兒	名 公分；釐米
☑ central ['sɛntrəl] 羨粗拉	形 中央的；中心的 名 匯集處
☑ century ['sɛntʃərɪ] 羨粗利	名 世紀；百年
☑ cereal ['sɪrɪəl] 細瑞兒	名 穀物麥片；麥片粥
☑ certain ['sɝtn̩] 色兒特兒恩	形 確定的
☑ **chair [tʃɛr] 雀兒	名 椅子
☑ **chalk [tʃɔk] 翹刻	名 粉筆
☑ **chance [tʃæns] 勸斯	名 機會
☑ **change [tʃendʒ] 勸矩	名 零錢；小額硬幣；改變 動 改變；變更
☑ channel ['tʃænl̩] 勸呢兒	名（廣播）頻道；管道

英文 & 中文注音	中文注釋
☑ **character** [ˈkærɪktɚ] 刻耶瑞刻特兒	名 性格；角色
☑ **charge** [tʃɑrdʒ] 恰舉	動 收費；索價；用信用卡付錢；充電；控訴 名 罪狀
☑ **chart** [tʃɑrt] 恰徹	名 圖表 動 畫圖表
☑ **chase** [tʃes] 恰斯	動 追逐
☑ ****cheap** [tʃip] 汽波	形 便宜的
☑ ****cheat** [tʃit] 汽徹	動 （考試）作弊；詐騙
☑ ****check** [tʃɛk] 卻刻	名 帳單；支票 動 檢查；查閱；查一查
☑ ****cheer** [ˈtʃɪr] 汽兒	動 歡呼；喊加油
☑ ****cheese** [tʃiz] 汽斯	名 起司；乳酪
☑ **chemistry** [ˈkɛmɪstrɪ] 刻耶密斯粗利	名 化學

英文 & 中文注音	中文注釋
☑ **chess** [tʃɛs] 卻斯	名 西洋棋
☑ ****chicken** [ˈtʃɪkən] 七肯	名 雞；膽小鬼 形 懦弱的
☑ ****child** [tʃaɪld] 恰兒得	名 小孩子
☑ **childhood** [ˈtʃaɪld,hʊd] 恰兒得護得	名 童年
☑ **childish** [ˈtʃaɪldɪʃ] 恰兒滴須	形 孩子氣；幼稚的
☑ **childlike** [ˈtʃaɪld,laɪk] 恰兒得賴克	形 像孩子般的；童稚的
☑ **chin** [tʃɪn] 沁	名 臉頰
☑ ****China** [ˈtʃaɪnə] 恰哀那	名 中國
☑ ****Chinese** [tʃaɪˈniz] 恰哀溺斯	名 中國人 形 中國的；中國人的
☑ ****chocolate** [ˈtʃɔkə,lɪt] 巧克力徹	名 巧克力

英文 & 中文注音	中文注釋
☑ **choice** [tʃɔɪs] 秋衣斯	名 選擇
☑ **choose** [tʃuz] 秋斯	動 選擇
☑ ****chopsticks** [ˈtʃɑpˌstɪks] 恰波斯滴刻斯	名 筷子
☑ ****Christmas** [ˈkrɪsməs] 克利斯麼斯	名 耶誕節
☑ **chubby** [ˈtʃʌbɪ] 恰比	形 胖嘟嘟的
☑ ****church** [tʃɝtʃ] 翹取	名 教堂
☑ ****circle** [ˈsɝkḷ] 色兒叩	名 圓圈 動 繞圓圈
☑ ****city** [ˈsɪtɪ] 西替	名 都市
☑ **clap** [klæp] 克累波	名 拍手；喝采
☑ ****class** [klæs] 克累斯	名 班級；年級；等級

英文 & 中文注音	中文注釋
☑ classical ['klæsɪkl̩] 克辣細叩	形 古典的
☑ **classmate ['klæs,met] 克累斯妹徹	名 同學
☑ **classroom ['klæs,rum] 克累斯潤	名 教室
☑ **clean [klin] 克咨	形 清潔的 動 清理
☑ **clear [klɪr] 克利兒	形 清楚的；晴朗的；明顯的
☑ clerk [klɝk] 克辣克	名 職員
☑ clever ['klɛvɚ] 克累佛兒	形 聰明的；精明的
☑ climate ['klaɪmɪt] 克賴妹徹	名 氣候
☑ **climb ['klaɪm] 克來恩	動 攀登；攀升
☑ **clock [klɑk] 克拉克	名 時鐘

英文 & 中文注音	中文注釋
☑ ****close** [klos] 克漏斯	形 接近的 動 [kloz] 關；（商店）打烊
☑ **closet** ['klɑzɪt] 克辣日衣徹	名 衣櫥；更衣間
☑ ****clothes** [kloðz] 克漏溼	名 衣服
☑ **cloud** ['klaʊd] 克勞得	名 雲
☑ ****cloudy** ['klaʊdɪ] 克勞滴	形 陰天的；多雲的
☑ ****club** [klʌb] 克辣波	名 俱樂部；社團
☑ **coach** [kotʃ] 叩取	名 車廂；教練；經濟艙
☑ **coast** [kost] 叩斯徹	名 海岸；邊岸
☑ ****coat** [kot] 扣徹	名 大衣；外套
☑ **cockroach** ['kɑkrotʃ] 卡柯漏取	名 蟑螂

A B C D E F G H I J K L M N O P Q R S T U V W X Y Z

英文 & 中文注音	中文注釋
☑ **coffee ['kɔfɪ] 扣非衣	名 咖啡
☑ coin [kɔɪn] 叩印	名 硬幣
☑ **Coke [kok] 叩可	名 可樂
☑ **cold [kold] 叩得	形 冷的；冷淡 名 感冒
☑ **collect [kə'lɛkt] 可兒累刻徹	動 收集；收帳款；徵收
☑ college ['kɑlɪdʒ] 卡利舉	名 大學；學院
☑ **color ['kʌlɚ] 卡了	名 色彩；顏色
☑ colorful ['kʌlɚfəl] 卡了霍	形 多采多姿；五彩繽紛
☑ comb [kom] 叩恩	名 梳子 動 梳理
☑ **come [kʌm] 抗恩	動 來

英文 & 中文注音	中文注釋
☑ **comfortable [ˈkʌmfɚtəbl̩] 康恩霍兒特波兒	形 舒適的
☑ **comic [ˈkɑmɪk] 康蜜刻	形 喜劇的 名 笑匠
☑ command [kəˈmænd] 康面得	名 命令 動 指揮；命令
☑ comment [ˈkɑmɛnt] 康面徹	名 評論；註解 動 評論
☑ **common [ˈkɑmən] 康門	形 共通的；通常的；一般的
☑ company [ˈkʌmpənɪ] 康波尼	名 朋友；夥伴；公司 動 陪伴
☑ compare [kəmˈpɛr] 康沛兒	動 比較
☑ complain [kəmˈplen] 康普念	動 抱怨；控訴
☑ complete [kəmˈplit] 康普利徹	動 完成 形 完全的；全部的
☑ **computer [kəmˈpjutɚ] 康波悠特兒	名 電腦

英文 & 中文注音	中文注釋
☑ **concern** [kən'sɝn] 康恩色兒恩	動 關切
☑ **confident** ['kɑnfədənt] 康非得兒恩徹	形 自信的；確信
☑ **confuse** [kən'fjuz] 康非悠日	動 弄糊塗了；使困惑；混淆
☑ **congratulation** [kən,grætʃə'leʃən] 康格瑞秋累遜	名 祝賀；慶賀
☑ **consider** [kən'sɪdɚ] 康細得兒	動 考慮；體諒
☑ **considerate** [kən'sɪdərɪt] 康細得兒瑞徹	形 體貼的
☑ **contact lens** ['kɑntækt ,lɛns] 康貼刻徹 念斯	名 隱形眼鏡 （一般都要用複數形 contact lenses，因眼鏡有兩個鏡片）
☑ **continue** [kən'tɪnju] 康替忸	動 繼續；連續
☑ **contract** ['kɑntrækt] 康粗瑞刻徹	名 合約
☑ **control** [kən'trol] 康粗漏	動 控制 名 控制

英文 & 中文注音	中文注釋
☑ convenience store [kən'vinjəns ˌstor] 康非尼恩斯 斯逗兒	名 便利商店
☑ **convenient [kən'vinjənt] 康威尼安徹	形 方便的
☑ conversation [ˌkɑnvɚ'seʃən] 康佛兒洩遜	名 會話；交談
☑ **cook [kʊk] 酷刻	動 烹調；煮 名 廚子
☑ **cookie ['kʊkɪ] 酷刻衣	名 餅乾
☑ **cool [kul] 酷兒	形 涼的；冷淡的；（口語）好棒喔！
☑ **copy ['kɑpɪ] 卡批	動 複製；影印 名 副本；影印；份數（複數形是copies）
☑ corn [kɔrn] 控恩	名 玉蜀黍
☑ corner ['kɔrnɚ] 叩呢兒	名 角落
☑ **correct [kə'rɛkt] 可兒瑞刻徹	形 正確的 動 改正

A
B
C
D
E
F
G
H
I
J
K
L
M
N
O
P
Q
R
S
T
U
V
W
X
Y
Z

英文 & 中文注音	中文注釋
☑ ****cost** [kɔst] 叩斯徹	名 價格；成本 動 花費
☑ **cotton** [ˈkɑtn̩] 卡特兒恩	名 棉花；棉布
☑ ****couch** [kaʊtʃ] 靠取	名 沙發椅
☑ **cough** [kɔf] 叩夫	動 咳嗽
☑ ****count** [kaʊnt] 抗徹	動 數；計算 名 數目；總計
☑ ****country** [ˈkʌntrɪ] 康徹兒瑞	名 國家；鄉下 形 鄉村的
☑ **couple** [ˈkʌpl̩] 卡波兒	名 一對；一雙
☑ **courage** [ˈkɝɪdʒ] 叩兒瑞舉	名 勇氣
☑ **course** [kors] 叩斯	名 行程；課程；（宴客）一道菜
☑ **court** [kort] 叩徹	名 球場；法庭

英文 & 中文注音	中文注釋
☑ ****cousin** [ˈkʌzn̩] 卡忍	名 表兄弟姐妹
☑ ****cover** [ˈkʌvɚ] 卡佛兒	名 蓋子 動 涵蓋；遮掩；包括了
☑ ****cow** [kaʊ] 靠	名 母牛
☑ **cowboy** [ˈkaʊˌbɔɪ] 靠播衣	名 美國西部牛仔
☑ **crab** [kræb] 可瑞波	名 螃蟹
☑ **crayon** [ˈkreən] 可累翁	名 蠟筆
☑ ****crazy** [krezɪ] 克累日衣	形 發瘋的；瘋狂的
☑ **cream** [krim] 可吝	名（喝咖啡用的）奶精；化妝乳液；雪花膏
☑ **create** [krɪˈet] 可利葉徹	動 創造；創作
☑ **credit card** [ˈkrɛdɪt ˈkɑrd] 可累滴 卡得	名 信用卡

A B C D E F G H I J K L M N O P Q R S T U V W X Y Z

英文 & 中文注音	中文注釋
☑ crime [kraɪm] 可賴恩	名 犯罪
☑ **cross [krɔs] 克漏斯	動 穿越；交叉 名 十字交叉；十字架
☑ crowd [kraʊd] 可勞得	名 人群；觀眾
☑ crowded ['kraʊdɪd] 可勞滴得	形 擁擠的
☑ cruel ['kruəl] 可路	形 殘忍的
☑ **cry [kraɪ] 克賴	動 哭；大叫
☑ culture ['kʌltʃɚ] 卡兒球兒	名 文化
☑ **cup [kʌp] 卡波	名 杯子
☑ cure [kjʊr] 柯悠兒	動 治癒 名 療方；治療
☑ curious ['kjʊrɪəs] 柯悠瑞兒斯	形 好奇的

英文 & 中文注音	中文注釋
☐ **current** ['kɝənt] 可兒瑞恩徹	形 目前的 名 水流
☐ **curtain** ['kɝtn̩] 可兒特兒恩	名 窗簾
☐ **curve** [kɝv] 可兒夫	名 彎曲；轉彎
☐ **custom** ['kʌstəm] 卡斯特恩	名 風俗；習慣
☐ **customer** ['kʌstəmɚ] 卡斯特莫兒	名 顧客
☐ ****cut** [kʌt] 卡徹	動 砍；剪；去掉；削減
☐ ****cute** [kjut] 刻悠徹	形 帥；可愛；漂亮的

D

Mp3-05

英文 & 中文注音	中文注釋
☐ ****dad** [dæd] 爹得	名 爸爸（father的簡稱）
☐ ****daddy** ['dædɪ] 爹滴	名（暱稱）爸爸

英文 & 中文注音	中文注釋
☑ damage ['dæmɪdʒ] 爹密舉	動 破壞；弄傷 名 損傷
☑ **dance ['dæns] 電斯	動 跳舞
☑ danger ['dendʒɚ] 電舉兒	名 危險
☑ **dangerous ['dendʒərəs] 顛舉兒斯	形 危險的
☑ **dark [dɑrk] 大刻	形 黑暗的；天黑的
☑ **date [det] 爹徹	名 日期；約會對象 動 約會
☑ **daughter ['dɔtɚ] 兜特兒	名 女兒
☑ dawn [dɔn] 洞	名 破曉時分；黎明
☑ **day [de] 爹	名 白天；（算日期）天
☑ **dead [dɛd] 爹得	形 死的

英文 & 中文注音	中文注釋
☑ **deaf** [dɛf] 爹夫	形 聾的
☑ ****dear** [dɪr] 地兒	形 親愛的
☑ **death** [dɛθ] 爹斯	名 死亡
☑ **debate** [dɪ'bet] 滴貝徹	動 辯論 名 辯論會
☑ ****December** [dɪ'sɛmbɚ] 滴羨波兒	名 十二月
☑ ****decide** [dɪ'saɪd] 滴塞得	動 決定
☑ **decision** [dɪ'sɪʒən] 滴細郡	名 決定
☑ **decorate** ['dɛkə,ret] 爹可瑞徹	動 裝飾
☑ **decrease** [dɪ'kris] 滴可利斯	動 減少 名 減少；降低
☑ **deep** [dip] 地波	形 深的 名 深處 副 深遠地

A B C D E F G H I J K L M N O P Q R S T U V W X Y Z

英文 & 中文注音	中文注釋
☑ **deer** [dɪr] 地兒	名 鹿
☑ **degree** [dɪ'gri] 滴格利	名 學位；（溫度計的）度數
☑ ****delicious** [dɪ'lɪʃəs] 滴利朽兒斯	形 好吃的；美味的
☑ **deliver** [dɪ'lɪvɚ] 滴利佛兒	動 遞送；送貨；（嬰兒）生產
☑ **dentist** ['dɛntɪst] 顛替斯徹	名 牙科醫生
☑ **department** [dɪ'pɑrtmənt] 滴怕徹門徹	名 部門
☑ ****department store** [dɪ'pɑrtmənt'stor] 滴泊徹門徹 斯逗兒	名 百貨公司
☑ **depend** [dɪ'pɛnd] 滴騙得	動 視～而定；靠；依賴
☑ **describe** [dɪ'skraɪb] 滴斯可瑞波	動 描述
☑ **desert** [dɛ'zɚt] 爹惹徹	名 沙漠 動 [dɪ'zat]拋棄

英文 & 中文注音	中文注釋
☑ **design** [dɪ'zaɪn] 滴賽恩	名 設計 動 設計
☑ **desire** [dɪ'zaɪr] 滴賽兒	動 欲望；想要
☑ ****desk** [dɛsk] 爹斯刻	名 書桌
☑ **dessert** [dɪ'zɝt] 滴熱兒徹	名（飯後）甜點
☑ **detect** [dɪ'tɛkt] 滴貼克徹	動 偵測；查出
☑ **develop** [dɪ'vɛləp] 滴非了波	動 發展
☑ **dial** ['daɪəl] 袋兒	動（電話）撥號
☑ **diamond** ['daɪəmənd] 袋兒車門得	名 鑽石
☑ **diary** ['daɪərɪ] 袋兒瑞	名 日記
☑ ****dictionary** ['dɪkʃən,ɛrɪ] 滴克遜兒瑞	名 字典

A B C D E F G H I J K L M N O P Q R S T U V W X Y Z

英文 & 中文注音	中文注釋
☑ ****did** [dɪd] 地得	動 做；do的過去式
☑ ****die** [daɪ] 待	動 死去；過世
☑ **diet** [ˈdaɪət] 待兒徹	名 飲食 動 吃特定的飲食
☑ ****difference** [ˈdɪfərəns] 滴佛潤斯	名 不同；差異
☑ **different** [ˈdɪfərənt] 滴佛潤斯	形 不同的
☑ ****difficult** [ˈdɪfəˌkʌlt] 滴夫叩徹	形 困難的
☑ **difficulty** [ˈdɪfəˌkʌltɪ] 滴夫叩替	名 困難
☑ ****dig** [dɪg] 帝哥	動 挖；掘
☑ **diligent** [ˈdɪlədʒənt] 滴利郡徹	形 勤勉的
☑ **diplomat** [ˈdɪpləˌmæt] 滴普漏妹徹	名 外交官

英文 & 中文注音	中文注釋
☑ ****dining room** [ˈdaɪnɪŋˌrum] 呆寧潤恩	名 飯廳
☑ ****dinner** [ˈdɪnɚ] 滴因呢兒	名 晚餐
☑ **dinosaur** [ˈdaɪnəˌsɔr] 呆呢色兒	名 恐龍
☑ **direct** [dəˈrɛkt] 得瑞刻徹	形 直接的 動 給～指路；指導
☑ **direction** [dəˈrɛkʃən] 得瑞刻遜	名 方向
☑ ****dirty** [ˈdɝtɪ] 德兒替	形 髒的
☑ **disappear** [dɪsəˈpɪr] 滴色兒庇兒	動 失蹤；消失
☑ **discover** [dɪsˈkʌvɚ] 滴斯卡佛兒	動 發現
☑ **discuss** [dɪˈskʌs] 滴斯卡斯	動 討論
☑ **discussion** [dɪˈskʌʃən] 滴斯卡遜	名 討論

英文 & 中文注音	中文注釋
☐ ****dish** [dɪʃ] 帝須	名 盤子；一碟菜
☐ **dishonest** [dɪs'ɑnɪst] 滴斯啊呢斯徹	形 不老實的
☐ **distance** ['dɪstəns] 滴斯特恩斯	名 距離
☐ **distant** ['dɪstənt] 滴斯特恩徹	形 遠的；有距離的
☐ **divide** [dɪ'vaɪd] 滴外得	動 分割；分隔；（數學）除
☐ **dizzy** ['dɪzɪ] 滴日衣	形 頭暈眼花的；眼花撩亂的
☐ ****do** [du] 肚	動 做（＊do有以下的變化＊）does 第三人稱單數did過去式done過去分詞
☐ ****doctor** ['dɑktɚ] 搭刻特兒	名 醫生； 博士（簡寫是Dr.）
☐ **dodge ball** ['dɑdʒˌbɔl] 大舉 播兒	名 躲避球
☐ ****does** [dʌz] 大斯	動 做；do的第三人稱單數現在式

英文 & 中文注音	中文注釋
☑ ****dog** [dɔg] 逗哥	名 狗
☑ ****doll** [dɑl] 逗兒	名 洋娃娃；布娃娃
☑ ****dollar** [ˈdɑlɚ] 搭了	名 元（貨幣單位）
☑ **dolphin** [ˈdɑlfɪn] 逗非衣印	名 海豚
☑ **donkey** [ˈdʌŋkɪ] 洞刻衣	名 驢子
☑ ****door** [dor] 逗兒	名 門
☑ **dot** [dɑt] 大徹	名 圓圈圈似的點
☑ **double** [ˈdʌbl̩] 搭播兒	形 二倍的；雙人的 名 兩倍 動 加倍
☑ **doubt** [daʊt] 道徹	名 疑問 動 懷疑
☑ **doughnut** [ˈdonət] 多那徹	名 甜甜圈

英文 & 中文注音	中文注釋
☑ ****down** [daʊn] 盪	形 向下的；在下面的
☑ **downstairs** [ˈdaʊnˈstɛrz] 盪斯貼兒斯	形 樓下的 名 樓下 副 在樓下
☑ **downtown** [ˈdaʊnˈtaʊn] 盪燙	名 市區；市中心 形 鬧區的 副 在市中心
☑ ****dozen** [ˈdʌzn̩] 搭忍	名 一打
☑ ****Dr.** [ˈdɑktɚ] 搭刻特兒	名 doctor的簡寫；醫生；博士
☑ **dragon** [ˈdrægən] 珠瑞根	名 龍
☑ **drama** [ˈdrɑmə] 珠拉瑪	名 戲劇
☑ ****draw** [drɔ] 珠漏	名 畫 動 拉；吸引
☑ **drawer** [ˈdrɔɚ] 珠漏兒	名 抽屜
☑ ****dream** [drim] 珠潤	名 夢；理想 動 夢；夢想 形 理想的；朝思暮想的

英文 & 中文注音	中文注釋
☑ ****dress** [drɛs] 珠瑞斯	名 洋裝 動 穿
☑ **dresser** [ˈdrɛsɚ] 珠瑞色兒	名 化妝台
☑ ****drink** [drɪŋk] 珠潤刻	動 喝（飲料） 名 飲料；酒
☑ ****drive** [draɪv] 珠瑞夫	動 開車；開車載人
☑ ****driver** [ˈdraɪvɚ] 珠瑞佛兒	名 司機
☑ ****drop** [drɑp] 珠漏波	動 掉下；丟下；拋下
☑ **drugstore** [ˈdrʌgstor] 珠辣哥斯逗兒	名 雜貨店；藥房
☑ **drum** [drʌm] 珠辣恩	名 鼓；鼓聲
☑ ****dry** [draɪ] 珠賴	形 乾的；生硬的
☑ **dryer** [ˈdraɪɚ] 珠賴兒	名 烘乾機

英文 & 中文注音	中文注釋
☑ **duck** [dʌk] 大克	名 鴨子
☑ **dumb** [dʌm] 大恩	形 啞的；愚笨的
☑ **dumpling** [ˈdʌmplɪŋ] 盪波吝	名 餛飩
☑ ****during** [ˈdjʊrɪŋ] 丟潤	介 在～的期間
☑ **duty** [ˈdjutɪ] 丟替	名 職責

E

Mp3-06

英文 & 中文注音	中文注釋
☑ ****each** [itʃ] 意取	形 每一；各自
☑ **eagle** [ˈigl̩] 衣個	名 老鷹
☑ ****ear** [ɪr] 意耳	名 耳朵
☑ ****early** [ˈɝlɪ] 兒利	形 早的 副 早

英文 & 中文注音	中文注釋
☐ earn [ɝn] 貳恩	動 賺；取得；贏取
☐ earrings [ˈɪrɪŋz] 衣瑞恩斯	名 耳環（＊多用複數形，表示一對＊）
☐ **earth [ɝθ] 餓斯	名 地球
☐ ease [iz] 衣日	名 不急；自在；安逸
☐ **east [ist] 衣斯徹	形 東方的 名 東方
☐ Easter [ˈistɚ] 衣斯特兒	名 復活節（＊小朋友在這一天都會玩尋彩蛋的遊戲，彩蛋叫做 Easter egg ＊）
☐ **easy [ˈizɪ] 衣日衣	形 容易的；簡單的；輕鬆的
☐ **eat [it] 意徹	動 吃
☐ edge [ˈɛdʒ] 葉舉	名 邊緣
☐ education [ˌɛdʒəˈkeʃən] 耶舉兒刻耶遜	名 教育

英文 & 中文注音	中文注釋
☑ **effort** ['ɛfɚt] 耶霍兒徹	名 努力
☑ ****egg** [ɛg] 葉哥	名 蛋
☑ ****eight** [et] 耶徹	名（數字）八 形 八個
☑ ****eighteen** ['etin] 耶亭	名（數字）十八 形 十八個
☑ **eighteenth** ['etinθ] 耶亭斯	形 第十八
☑ ****eighth** [eθ] 耶溼	形 第八
☑ ****eighty** ['etɪ] 耶替	名（數字）八十 形 八十個
☑ **either** ['iðɚ] 衣惹兒	形 兩者之一 代 兩者的任一方
☑ ****elder** ['ɛldɚ] 耶得兒	形 年長的
☑ **elect** [ɪ'lɛkt] 衣累刻徹	名 選舉

英文 & 中文注音	中文注釋
☑ ****elementary school** [ɛlə'mɛntərɪ,skul] 耶利面特瑞 斯酷兒	名 小學
☑ ****elephant** ['ɛləfənt] 耶了奮徹	名 大象
☑ ****eleven** [ɪ'lɛvən] 衣累奮	名（數字）十一 形 十一個
☑ **electric** [ɪ'lɛktrɪk] 衣累刻粗刻徹	形 電力的；使用電的
☑ **eleventh** [ɪ'lɛvənθ] 衣累恩斯	形 第十一
☑ ****else** [ɛls] 耶兒斯	副 否則 形 其他的
☑ ****e-mail** ['i'mel] 衣妹兒	名 電子郵件 動 寄電子郵件
☑ **embarrass** [ɪm'bærəs] 印貝螺斯	動 使人困窘 （＊感到難為情是 embarrassed ＊）
☑ **emotion** [ɪ'moʃən] 衣莫遜	名 感情
☑ **emphasize** ['ɛmfə,saɪz] 煙霍賽斯	動 加強

A B C D E F G H I J K L M N O P Q R S T U V W X Y Z

英文 & 中文注音	中文注釋
☑ **employ** [ɪm'plɔɪ] 印普漏衣	動 雇用
☑ **empty** ['ɛmptɪ] 煙波替	形 空的
☑ ****end** [ɛnd] 硯得	動 結束 名 終端
☑ **enemy** ['ɛnəmɪ] 耶呢密	名 敵人
☑ **energetic** [ˌɛnɚ'dʒɛtɪk] 衣呢借替刻	形 很有活力的
☑ **energy** ['ɛnɚdʒɪ] 煙呢舉	名 能源；活力
☑ **engine** ['ɛndʒən] 煙郡	名 引擎
☑ **engineer** [ˌɛndʒə'nɪr] 煙郡溺兒	名 工程師
☑ ****English** ['ɪŋglɪʃ] 英哥累須	形 英語的 名 英語；英語課
☑ ****enjoy** [ɪn'dʒɔɪ] 印就衣	動 享受；喜歡

英文 & 中文注音	中文注釋
⧄ ****enough** [ɪ'nʌf] 印那夫	形 足夠的
⧄ ****enter** ['ɛntɚ] 煙特兒	動 進入
⧄ **entrance** ['ɛntrəns] 煙粗煙斯	名 入學；入口
⧄ **envelope** ['ɛnvə,lop] 印佛了波	名 信封
⧄ **environment** [ɪn'vaɪrənmənt] 印外了門徹	名 環境；周圍
⧄ **envy** ['ɛnvɪ] 煙非衣	名 羨慕；嫉妒 動 羨慕
⧄ **equal** ['ikwəl] 衣闊	形 相等；平等
⧄ ****eraser** [ɪ'resɚ] 衣瑞色兒	名 擦子；黑板擦
⧄ **error** ['ɛrɚ] 耶了	名 錯誤
⧄ **especially** [ə'spɛʃəlɪ] 衣斯倍秀利	副 特別是

英文 & 中文注音	中文注釋
☑ **eve ['iv] 衣夫	名 前夕（Christmas eve 聖誕夜）
☑ **even ['ivn̩] 衣溫	副 甚至 形 一樣的（分數）
☑ **evening ['ivnɪŋ] 衣溫寧	名 夜晚；傍晚
☑ event [ɪ'vɛnt] 衣非恩徹	名 事件；結局
☑ **ever ['ɛvɚ] 耶波兒	副 曾經
☑ **every ['ɛvrɪ] 耶佛瑞	形 每一個
☑ **everybody ['ɛvrɪ,bɑdɪ] 耶佛瑞巴滴	名 每個人；各個人
☑ **everyone ['ɛvrɪ,wʌn] 耶佛瑞萬	名 每個人；各個人
☑ **everything ['ɛvrɪ,θɪŋ] 耶佛瑞信	名 所有的東西；每一樣東西
☑ everywhere ['ɛvrɪ,hwɛr] 耶佛兒瑞惠兒	副 到處 名 到處

英文 & 中文注音	中文注釋
☑ **evil** ['ivḷ] 衣佛兒	形 邪惡的；有害的
☑ **exam** [ɪg'zæm] 衣個戀	名 考試（examination的縮寫）
☑ ****example** [ɪg'zæmpḷ] 衣哥讓波	名 例子
☑ ****excellent** ['ɛksələnt] 耶酷色嫩徹	形 很棒的
☑ ****except** [ɪk'sɛpt] 衣刻洩波徹	介 除了～之外
☑ **excite** [ɪk'saɪt] 衣刻賽徹	動 刺激；使興奮
☑ ****excited** [ɪk'saɪtɪd] 衣刻塞替得	形 感到興奮的
☑ ****exciting** [ɪk'saɪtɪŋ] 衣刻塞亭	形 令人興奮的；叫人緊張的
☑ ****excuse** [ɪks'kjus] 衣酷斯柯悠斯	名 藉口 動 對不起；原諒
☑ ****exercise** ['ɛksɚˌsaɪz] 耶刻塞兒賽斯	動 運動 名 練習

英文 & 中文注音	中文注釋
☑ **exist** [ɪg'zɪst] 衣個日衣斯徹	動 存在
☑ **exit** ['ɛgzɪt] 耶個細徹	名 出口 動 退場；出局
☑ **expect** [ɪk'spɛkt] 衣個斯倍刻徹	動 預期；期待
☑ ****expensive** [ɪk'spɛnsɪv] 衣刻斯鞭細夫	形 昂貴的
☑ ****experience** [ɪk'spɪrɪəns] 衣刻斯卑潤斯	名 經驗 動 經歷
☑ **explain** [ɪk'splen] 衣刻斯普念	動 解釋
☑ **express** [ɪk'sprɛs] 衣刻斯普累斯	形 快速的 名 快車
☑ **extra** ['ɛkstrə] 耶刻斯粗拉	形 額外的；多餘的
☑ ****eye** [aɪ] 愛	名 眼睛

F

Mp3-07

英文 & 中文注音	中文注釋
☑ ****face** [fes] 費斯	名 臉 動 面對
☑ ****fact** [fækt] 費刻徹	名 事實
☑ ****factory** ['fæktərɪ] 費刻特瑞	名 工廠
☑ **fail** [fel] 費歐	動 失敗；（考試）不及格
☑ **fair** [fɛr] 費兒	形 公平的 名 市集；商展
☑ ****fall** [fɔl] 霍	動 落下；掉下 名 秋天（autumn）
☑ **false** [fɔls] 霍斯	形 錯的；假的
☑ ****family** ['fæməlɪ] 費麼兒利	名 家庭；家人
☑ ****famous** ['feməs] 費麼兒斯	形 有名的

英文 & 中文注音	中文注釋
☐ ****fan** [fæn] 費恩	名 風扇；（運動、電影等的）迷；狂熱愛好者
☐ **fancy** [ˈfænsɪ] 費恩細	形 非常精美的 名 幻想
☐ **fantastic** [fænˈtæstɪk] 費恩貼斯替刻	形（口語）太好了
☐ **far** [fɑr] 化	遙遠
☐ ****farm** [fɑrm] 化嗯	名 農莊；田莊
☐ ****farmer** [ˈfɑrmɚ] 花麼兒	名 農夫
☐ **fashionable** [ˈfæʃnəbl̩] 非遜而伯	形 流行的
☐ ****fast** [fæst] 費斯徹	形 快的
☐ ****fat** [fæt] 費徹	形 胖的 名 油脂
☐ ****father** [ˈfɑðɚ] 花惹兒	名 爸爸；父親（暱稱dad或daddy）

英文 & 中文注音	中文注釋
☑ **faucet** ['fɔsɪt] 霍細徹	名 水龍頭
☑ **fault** [fɔlt] 霍徹	名 過錯
☑ ****favorite** ['fevərɪt] 費波瑞徹	形 最喜歡的
☑ **fear** [fɪr] 非衣兒	名 恐懼 動 怕
☑ ****February** ['fɛbrʊˌɛrɪ] 費鏢悠而瑞	名 二月
☑ **fee** [fi] 費衣	名 費用
☑ **feed** [fid] 費得	動 餵；飼
☑ ****feel** [fil] 費衣兒	動 感覺；觸摸
☑ **feeling** ['filɪŋ] 費衣寧	名 感覺 動 覺得（feel的現在分詞）
☑ **female** ['fimel] 費衣妹兒	名 女性；雌性 形 女的；陰性的

A B C D E F G H I J K L M N O P Q R S T U V W X Y Z

英文 & 中文注音	中文注釋
☑ **fence** [fɛns] 費煙斯	名 籬笆
☑ ****festival** [ˈfɛstəvḷ] 費斯特佛兒	名 節日；慶典 形 節日的
☑ **fever** [ˈfivɚ] 非衣佛兒	名 發燒
☑ ****few** [fju] 費衣悠	形 極少數的
☑ ****fifteen** [ˈfɪftin] 費夫亭	名（數字）十五 形 十五個
☑ **fifteenth** [ˈfɪftinθ] 非衣夫亭滏	形 第十五
☑ ****fifth** [ˈfɪfθ] 費夫斯	形 第五
☑ ****fifty** [ˈfɪftɪ] 費夫替	名（數字）五十 形 五十個
☑ **fight** [faɪt] 壞徹	動 爭吵；打架；戰鬥
☑ ****fill** [fɪl] 費衣兒	動 填；充填；派人充任

英文 & 中文注音	中文注釋
☑ film [fɪlm] 費衣恩	名 底片；電影
☑ final ['faɪnl̩] 壞呢	形 最後的 名 期末考；決賽
☑ **finally ['faɪnəlɪ] 壞呢尼	副 最後；終於
☑ **find [faɪnd] 壞恩得	動 找到
☑ **fine [faɪn] 壞恩	形 好的；細微的 動 罰款 名 罰款
☑ **finger ['fɪŋgɚ] 非印哥兒	名 手指
☑ **finish ['fɪnɪʃ] 費尼須	動 完成 名 結局
☑ **fire [faɪr] 壞兒	名 火 動 開火；解雇
☑ **first [fɝst] 霍兒斯徹	形 第一
☑ **fish [fɪʃ] 費衣須	名 魚

A B C D E F G H I J K L M N O P Q R S T U V W X Y Z

英文 & 中文注音	中文注釋
☑ ****fisherman** ['fɪʃɚmən] 費衣朽兒悶	名 漁夫
☑ **fit** [fɪt] 費衣徹	動 合適；合身
☑ ****five** [faɪv] 壞夫	名 （數字）五 形 五個
☑ ****fix** [fɪks] 費衣刻斯	動 修理
☑ **flag** ['flæg] 夫累個	名 旗幟；國旗
☑ **flashlight** ['flæʃ,laɪt] 夫累須賴徹	名 手電筒
☑ **flat tire** [,flæt'taɪr] 夫累徹 太兒	名 輪胎破了
☑ **flight** [flaɪt] 夫賴徹	名 飛行；班機
☑ ****floor** [flor] 夫漏	名 地板；樓層
☑ **flour** [flaʊr] 夫勞兒	名 麵粉

英文 & 中文注音	中文注釋
☑ ****flower** ['flaʊɚ] 夫勞兒	名 花
☑ **flu** [flu] 夫路	名 流行性感冒
☑ **flute** [flut] 夫路徹	名 長笛
☑ ****fly** [flaɪ] 夫賴	動 飛；搭機旅行 名 蒼蠅
☑ **focus** ['fokəs] 霍卡斯	名 焦點
☑ **fog** [fɔg] 霍哥	名 霧
☑ **foggy** ['fɔgɪ] 霍給衣	形 霧濛濛的
☑ ****follow** ['fɑlo] 發漏	動 跟隨；遵守
☑ ****food** [fud] 護得	名 食物
☑ **fool** [ful] 護兒	名 傻子 動 愚弄

英文 & 中文注音	中文注釋
☑ **foolish** ['fulɪʃ] 護利須	形 愚蠢的
☑ ****foot** [fʊt] 護徹	名 腳
☑ **football** ['fʊt͵bɔl] 夫徹播兒	名 美式足球
☑ ****for** [fɔr] 惑兒	介 為了
☑ ****foreign** ['fɔrɪn] 惑潤	形 外國的；異類的
☑ ****foreigner** ['fɔrɪnɚ] 惑潤呢兒	名 外國人
☑ **forest** ['fɔrɪst] 霍瑞斯徹	名 樹林；森林
☑ ****forget** [fɚ'gɛt] 佛兒給耶徹	動 忘記
☑ **forgive** [fɚ'gɪv] 霍給夫	動 原諒
☑ ****fork** [fɔrk] 惑兒刻	名 叉子

英文 & 中文注音	中文注釋
☑ **form** [fɔrm] 霍恩	名 表格 動 形成
☑ **formal** [ˈfɔrml̩] 霍莫	形 正式的
☑ **former** [ˈfɔrmɚ] 霍莫兒	形 以前的
☑ ****forty** [ˈfɔrtɪ] 霍替	名（數字）四十 形 四十個
☑ **forward** [ˈfɔrwəd] 霍握得	副 向前的
☑ ****four** [for] 惑兒	名（數字）四 形 四個
☑ ****fourteen** [forˈtin] 惑兒亭	名（數字）十四 形 十四個
☑ **fourteenth** [forˈtinθ] 惑兒亭溼	形 第十四
☑ ****fourth** [forθ] 惑兒溼	形 第四
☑ **fox** [fɑks] 化克斯	名 狐狸

A B C D E F G H I J K L M N O P Q R S T U V W X Y Z

英文 & 中文注音	中文注釋
☑ **frank** [fræŋk] 夫念刻	形 坦白的；率直的
☑ ****free** [fri] 夫利	形 免費的；自由的；有空的
☑ **freedom** [ˈfridəm] 夫利得恩	名 自由
☑ **freezer** [ˈfrizɚ] 夫利惹兒	名 冷凍箱；冰箱
☑ **freezing** [ˈfrizɪŋ] 夫利日衣印	形 極冷的
☑ **French fries** [ˈfrɛntʃˌfraɪz] 夫戀取 夫瑞日	名 法國式炸薯條
☑ ****fresh** [frɛʃ] 夫瑞須	形 新鮮的
☑ ****Friday** [ˈfraɪde] 夫賴爹	名 星期五
☑ ****friend** [frɛnd] 夫念得	名 朋友
☑ ****friendly** [ˈfrɛndlɪ] 夫念得利	形 友善的

英文 & 中文注音	中文注釋
☑ **friendship** [ˈfrɛndˌʃɪp] 夫念得須波	名 友誼
☑ **frighten** [ˈfraɪtn̩] 夫賴特恩	動 使害怕
☑ **Frisbee** [ˈfrɪzbi] 夫利斯比	名 飛盤
☑ **frog** [frɔg] 夫漏個	名 青蛙
☑ ****from** [frʌm] 夫弄	介 從……
☑ ****front** [frʌnt] 夫讓徹	名 前面的
☑ ****fruit** [frut] 夫路徹	名 水果
☑ **fry** [fraɪ] 夫賴	動 炸；煎
☑ ****full** [fʊl] 護兒	形 吃飽；滿的
☑ ****fun** [fʌn] 放	名 樂趣 形 好玩的

A B C D E F G H I J K L M N O P Q R S T U V W X Y Z

英文 & 中文注音	中文注釋
☑ **funny ['fʌnɪ] 方尼	形 奇怪的；滑稽
☑ furniture ['fɝnɪtʃɚ] 霍尼球兒	名 家具
☑ **future ['fjutʃɚ] 夫悠球兒	名 未來

G

Mp3-08

英文 & 中文注音	中文注釋
☑ gain [gen] 給耶恩	名 獲利 動 贏得；賺取
☑ **game [gem] 給恩	名 （球類）比賽；遊戲
☑ garage [gə'rɑʒ] 格瑞舉	名 車庫；修車廠
☑ **garbage [gɑrbɪdʒ] 軋比舉	名 垃圾 形 （鄙視）無用的
☑ **garden ['gɑrdn̩] 軋得兒恩	名 花園
☑ **gas [gæs] 給耶斯	名 汽油；氣體；瓦斯

英文 & 中文注音	中文注釋
☑ **gate** [get] 給耶徹	名 大門
☑ **gather** ['gæðɚ] 給耶惹兒	動 收集；搜集
☑ **general** ['dʒɛnərəl] 捐呢兒囉	動 普通的；一般的
☑ **generous** ['dʒɛnərəs] 捐呢囉斯	形 慷慨的
☑ **genius** ['dʒinɪəs] 拘呢兒斯	名 天才 形 天才的
☑ **gentle** ['dʒɛntl̩] 捐頭	形 溫和的
☑ **gentleman** ['dʒɛntl̩mən] 捐頭面	名 紳士；男士
☑ **geography** [dʒi'ɑgrəfɪ] 舉阿格瑞非衣	名 地理
☑ **gesture** ['dʒɛstʃɚ] 借斯球兒	名 手勢
☑ ****get** [gɛt] 給耶徹	動 拿；獲得

英文 & 中文注音	中文注釋
☑ **ghost** [gost] 夠斯徹	名 鬼
☑ **giant** [ˈdʒaɪənt] 醬恩徹	名 巨人 形 巨大的
☑ ****gift** [gɪft] 給衣夫徹	名 禮物
☑ ****girl** [gɝl] 個兒	名 女孩
☑ ****give** [gɪv] 給衣夫	動 給
☑ ****glad** [glæd] 格累得	名 高興；樂意；欣慰
☑ ****glass** [glæs] 格累斯	名 玻璃杯；玻璃
☑ **glasses** [ˈglæsɪz] 格辣洩斯	名 眼鏡（＊因為眼鏡有兩個鏡片，所以用複數形＊）
☑ ****glove** [glʌv] 格辣夫	名 手套；（＊複數形：gloves表示一雙手套＊）
☑ **glue** [glu] 雇路	名 膠水 動 糊；上膠水

英文 & 中文注音	中文注釋
☑ **go [go] 夠	動 去；（口語）進行
☑ goal [gol] 夠兒	名 目標
☑ **goat [got] 夠徹	名 山羊
☑ God [gɑd] 軋得	名 上帝；神（專指基督教的神，G要大寫）
☑ gold [gold] 夠得	名 黃金
☑ golden ['goldən] 夠得恩	名 金色的
☑ golf [gɔlf] 高了夫	名 高爾夫球 動 打高爾夫球
☑ **good [gʊd] 雇得	形 好；優秀的
☑ **good-bye [ˌgʊd'baɪ] 雇 拜	名 再見（可以說bye或寫成goodbye）
☑ goodness ['gʊdnəs] 雇尼斯	嘆 （口語）天啊！

A B C D E F G H I J K L M N O P Q R S T U V W X Y Z

英文 & 中文注音	中文注釋
☑ **goose** [gus] 雇斯	名 鵝
☑ **government** ['gʌvɚnmənt] 軋佛門徹	名 政府
☑ ****grade** [gred] 格瑞得	名 成績；年級
☑ **gram** ['græm] 格瑞恩	名（重量）公克
☑ **granddaughter** ['græn,dɔtɚ] 格瑞恩逗特兒	名 孫女兒
☑ ****grandfather** ['grænd,fɑðɚ] 格瑞恩得花惹兒	名 祖父
☑ ****grandmother** ['grænd,mʌðɚ] 格瑞恩得媽惹兒	名 祖母
☑ **grandson** ['grænd,sʌn] 格瑞得尚	名 孫兒
☑ **grape** [grep] 格瑞波	名 葡萄
☑ ****grass** [græs] 格瑞斯	名 草地；牧草

英文 & 中文注音	中文注釋
☑ ****gray** [gre] 格瑞	形 灰色的 名 灰色
☑ ****great** [gret] 格瑞徹	形 很好；巨大；偉大的
☑ **greedy** [ˈgridɪ] 格瑞滴	形 貪婪的
☑ ****green** [grin] 格吝	形 綠色的 名 綠色
☑ **greet** [grit] 格利徹	動 打招呼；致敬
☑ ****ground** [graʊnd] 格讓得	名 地面；土地
☑ ****group** [grup] 格路波	名 群；集團；團體 動 分類
☑ ****grow** [gro] 格漏	動 成長；種植
☑ **guard** [gɑrd] 軋得	名 保護；守衛 動 防守；保護
☑ **guava** [ˈgwɑvə] 瓜佛兒	名 番石榴

A B C D E F G H I J K L M N O P Q R S T U V W X Y Z

英文 & 中文注音	中文注釋
☑ ****guess** [gɛs] 給耶斯	動 猜想
☑ **guest** [gɛst] 給耶斯徹	名 客人
☑ **guide** [gaɪd] 蓋得	動 嚮導 名 導遊；指導手冊
☑ **guitar** [gɪ'tɑr] 吉他	名（樂器）吉他
☑ **gun** [gʌn] 槓	名 槍
☑ **guy** [gaɪ] 蓋	名（口語）男士
☑ **gym** [dʒɪm] 菌	名 健身房；體育館

H

Mp3-09

英文 & 中文注音	中文注釋
☑ ****habit** ['hæbɪt] 黑比徹	名 習慣
☑ ****had** [hæd] 嘿得	動 有；have的過去式

英文 & 中文注音	中文注釋
☑ ****hair** [hɛr] 嘿兒	名 頭髮
☑ **hair dresser** ['hɛr,drɛsɚ] 嘿兒 珠瑞色兒	名 美髮師
☑ **haircut** ['hɛr,kʌt] 嘿兒卡徹	名 理髮；（男）髮型
☑ ****half** [hæf] 哈夫	名 一半 形 一半的
☑ **hall** [hɔl] 候	名 廳堂；大堂；走廊
☑ **Halloween** [,hælo'in] 哈囉威印	名 萬聖節 （＊美國的鬼節，十月三十一日，小朋友最喜歡，可以要糖果吃＊）
☑ ****ham** [hæm] 黑硯	名 火腿
☑ ****hamburger** ['hæmbɝgɚ] 鼾伯格兒	名 漢堡；絞牛肉
☑ **hammer** ['hæmɚ] 嘿莫兒	名 釘鎚；槌子
☑ ****hand** [hænd] 黑硯得	名 手；鐘的指針 動 遞

英文 & 中文注音	中文注釋
☑ **handkerchief** ['hæŋkɚtʃɪf] 黑硯刻兒雞夫	名 手帕
☑ **handle** ['hændḷ] 黑硯逗	動 處理；操作 名 手把
☑ ****handsome** ['hænsəm] 黑硯煞恩	形 英俊的
☑ **hang** ['hæŋ] 黑硯	動 掛；吊
☑ **hanger** ['hæŋɚ] 黑硯個兒	名 衣架
☑ ****happen** ['hæpən] 黑盆	動 發生
☑ ****happy** ['hæpɪ] 黑皮	形 快樂
☑ ****hard** [hɑrd] 哈得	形 硬的；困難的；努力的；嚴厲的 副 努力地
☑ **hardly** ['hɑrdlɪ] 哈得利	幾乎不
☑ ****hard-working** ['hɑrd 'wɝkɪŋ] 哈得 沃刻印	形 努力工作的

英文 & 中文注音	中文注釋
☑ **has [hæz] 黑斯	動 有；have的第三人稱單數形
☑ **hat [hæt] 黑徹	名 帽子
☑ **hate [het] 黑徹	動 恨；不喜歡
☑ **have [hæv] 黑夫	動 有（＊以下是have的其他形式＊） has 第三人稱單數 had 過去式和過去分詞
☑ **he [hi] 嘻衣	代 他（男性）（＊以下是與he有關的字： him 受格：他 his 所有格：他的 himself 反身代名詞：他自己
☑ **head [hɛd] 黑得	名 頭
☑ **headache [ˈhɛdˌek] 黑爹刻	名 頭痛
☑ **health [hɛlθ] 黑耳斯	名 健康
☑ **healthy [ˈhɛlθɪ] 黑耳細	形 健康的

A B C D E F G H I J K L M N O P Q R S T U V W X Y Z

英文 & 中文注音	中文注釋
☑ ****hear** [hɪr] 嘻兒	動 聽到
☑ ****heart** [hɑrt] 哈徹	名 心
☑ ****heat** [hit] 嘻徹	名 熱氣；暖氣 動 加熱
☑ **heater** [ˈhitɚ] 嘻特兒	名 暖氣機
☑ ****heavy** [ˈhɛvɪ] 黑非衣	形 重的；油膩
☑ **height** [haɪt] 嗨徹	名 身高；高度
☑ **helicopter** [ˈhælɪˌkɑptɚ] 黑利卡波特兒	名 直昇機
☑ ****hello** [həˈlo] 哈囉	嘆 （打招呼）喂
☑ ****help** [hɛlp] 黑耳波	動 幫忙；協助 名 支援；幫助
☑ ****helpful** [ˈhɛlpfəl] 黑耳波霍	形 有幫助的

英文 & 中文注音	中文注釋
☑ **hen** [hɛn] 恨	名 母雞
☑ ****her** [hɝ] 賀而	代 她（she的受格）；她的（she的所有格）
☑ ****here** [hɪr] 嘻衣而	名 這裡 形 在這裡 副 這裡
☑ **hero** [ˈhɪro] 嘻囉	名 英雄
☑ ****hers** [hɝz] 賀而斯	代 她的東西
☑ ****herself** [hɚˈsɛlf] 賀而洩而夫	代 她自己
☑ **hey** [he] 嘿	嘆 嗨；喲
☑ ****hi** [haɪ] 嗨	嘆（熟人間打招呼）喂；嗨
☑ ****hide** [haɪd] 害得	動 隱藏；掩匿
☑ ****high** [haɪ] 害	形 高的

A B C D E F G H I J K L M N O P Q R S T U V W X Y Z

英文 & 中文注音	中文注釋
☑ **highway** ['haɪwe] 嗨喂	名 公路；高速公路
☑ **hike** ['haɪk] 嗨刻	動 健行；長途步行
☑ ****hill** [hɪl] 嘻衣而	名 山坡；山崗
☑ ****him** [hɪm] 嘻衣印	代 他（he 的受格）
☑ ****himself** [hɪm'sɛlf] 嘻衣印洩而夫	代 他自己
☑ **hip** [hɪp] 嘻衣普	名 臀部
☑ **hippo** [hɪpo] 嘻衣波	名 河馬
☑ **hire** [haɪr] 害兒	動 雇用
☑ ****his** [hɪz] 嘻衣斯	名 他的
☑ ****history** ['hɪstrɪ] 嘻衣斯徹瑞	名 歷史

英文 & 中文注音	中文注釋
☐ ****hit** [hɪt] <u>嘻衣</u>徹	動 撞；打
☐ ****hobby** [ˈhɑbɪ] 哈比	名 嗜好
☐ ****hold** [hold] 候得	動 用手舉著；留著；舉行；（電話）稍待
☐ ****holiday** [ˈhɑləde] 哈了爹	名 假日；假期
☐ ****home** [ˈhom] 候恩	名 家 形 在家 副 家
☐ **homesick** [ˈhomˌsɪk] 候恩細刻	名 想家
☐ ****homework** [ˈhomˈwɝk] 候恩沃刻	名 家庭作業
☐ ****honest** [ˈɑnəst] 啊呢斯徹	形 誠實的
☐ **honesty** [ˈɑnɪstɪ] 阿呢斯替	名 誠實
☐ **honey** [ˈhʌnɪ] 哈尼	名 蜂蜜

英文 & 中文注音	中文注釋
☑ **hop** [hɑp] 哈波	動 用單腳跳；蹦跳
☑ ****hope** [hop] 候波	動 希望 名 希望
☑ **horrible** [ˈhɔrəbl̩] 候了伯	形 可怕的；（口語）糟透的
☑ ****horse** [hɔrs] 候斯	名 馬
☑ ****hospital** [ˈhɑspɪtl̩] 哈斯皮特兒	名 醫院
☑ **host** [host] 候斯徹	名 主持人；宴客的主人 動 主持；主辦
☑ ****hot** [hɑt] 哈徹	形 辣的；熱的
☑ ****hot dog** [ˈhɑtˌdɔg] 哈徹 逗哥	名（食品）熱狗
☑ ****hotel** [hoˈtɛl] 候鐵兒	名 旅館；飯店
☑ ****hour** [aʊr] 奧兒	名（時間單位）小時

英文 & 中文注音	中文注釋
☑ ****house** [haʊs] 號斯	名 房子
☑ **housewife** [ˈhaʊswaɪf] 號斯外夫	名 主婦
☑ **housework** [ˈhaʊswɚk] 號斯沃刻	名 家事
☑ ****how** [haʊ] 號	副 怎麼；如何；多麼
☑ ****however** [haʊˈɛvɚ] 號耶佛兒	副 無論如何；然而
☑ **human** [ˈhjumən] 候悠面	形 人類的 名 人類
☑ **humble** [ˈhʌmbl̩] 哈恩伯	形 謙虛的；卑微的
☑ **humid** [ˈhjumɪd] 候悠密得	形 潮濕
☑ **humor** [ˈhjumɚ] 候悠莫兒	名 幽默
☑ **humorous** [ˈhjumərəs] 候悠莫兒了斯	形 幽默的

英文 & 中文注音	中文注釋
☑ ****hundred** ['hʌndrəd] 韓珠瑞得	名 一百
☑ **hunger** ['hʌŋgɚ] 韓個兒	名 飢餓
☑ ****hungry** ['hʌŋgrɪ] 韓格瑞	形 餓
☑ **hunt** [hʌnt] 悍徹	動 獵取；尋找
☑ **hunter** ['hʌntɚ] 悍特兒	名 獵人
☑ ****hurry** ['hɝɪ] 賀瑞	名 匆忙；趕快 動 催促
☑ ****hurt** [hɝt] 賀兒徹	動 傷害；受傷
☑ ****husband** ['hʌzbənd] 哈斯奔得	名 丈夫

英文 & 中文注音	中文注釋
☑ ****I** [aɪ] 愛	代 我 （＊以下是與 I有關的字＊） me 受格：我 my 所有格：我的 mine 所有代名詞：我的東西 myself 反身代名詞：我自己
☑ ****ice** [aɪs] 愛斯	名 冰
☑ ****ice cream** [ˈaɪsˌkrim] 愛斯克林姆	名 冰淇淋
☑ ****idea** [aɪˈdɪə] 艾滴兒	名 主意；概念
☑ ****if** [ɪf] 衣夫	連 假如
☑ **ignore** [ɪgˈnor] 衣個諾兒	動 （有意的）忽視；不睬
☑ **ill** [ɪl] 意兒	名 病 形 生病的；不良的
☑ **imagine** [ɪˈmædʒɪn] 意妹菌	動 想像

英文 & 中文注音	中文注釋
☑ **impolite** [ˌɪmpəˈlaɪt] 印波賴徹	形 不客氣的；無禮的
☑ **importance** [ɪmˈpɔrtəns] 印波特兒恩	名 重要；重要性
☑ ****important** [ɪmˈpɔrtənt] 印波特兒恩徹	形 重要的
☑ **impossible** [ɪmˈpɑsəbl̩] 印怕色伯	形 不可能的
☑ **improve** [ɪmˈpruv] 印普路夫	動 改進
☑ ****in** [ɪn] 印	介 在……之內
☑ **inch** [ɪntʃ] 印取	名 英吋
☑ **include** [ɪnˈklud] 印酷路得	動 包括
☑ **income** [ˈɪnˌkʌm] 印康恩	名 收入；所得
☑ **increase** [ɪnˈkris] 印刻利斯	動 增加；提高 名 增加；加價

英文 & 中文注音	中文注釋
☑ **independent** [ˌɪndɪˈpɛndənt] 印滴騙得兒恩徹	形 獨立的
☑ **indicate** [ˈɪndəˌket] 印滴刻耶徹	動 指出；顯示出；表示
☑ **influence** [ˈɪnflʊəns] 印護潤斯	名 影響 動 發生影響
☑ **information** [ˌɪnfɚˈmeʃən] 印惑妹遜	名 資訊；詢問服務台
☑ **ink** [ɪŋk] 印刻	名 墨水
☑ **insect** [ˈɪnsɛkt] 印洩刻徹	名 昆蟲
☑ ****inside** [ˈɪnˈsaɪd] 印賽得	名 內部
☑ **insist** [ɪnˈsɪst] 印細斯徹	動 堅持；堅決主張
☑ **inspire** [ɪnˈspaɪr] 印斯拜兒	動 使鼓舞；啟發
☑ **instant** [ˈɪnstənt] 印斯特恩徹	名 即刻的；立刻的

英文 & 中文注音	中文注釋
☑ **instrument** [ˈɪnstrəmənt] 印斯徹路門徹	名 樂器
☑ **intelligent** [ɪnˈtɛlədʒənt] 印貼了菌徹	形 聰明的
☑ ****interest** [ˈɪntrɪst] 印徹瑞斯特	名 興趣；利益；利息 動 有興趣
☑ ****interested** [ˈɪntrɪstɪd] 印徹斯替得	形 感到有趣的
☑ ****interesting** [ˈɪntrɪstɪŋ] 印徹瑞斯亭	形 有趣的
☑ **international** [ˌɪntɚˈneʃənəl] 印特捏遜呢	形 國際的
☑ ****Internet** [ˈɪntɚˌnɛt] 印特兒內徹	名 網際網路
☑ **interrupt** [ˌɪntəˈrʌpt] 印特辣波徹	動 打斷；打岔
☑ **interview** [ˈɪntɚvju] 印特護悠	名 面談 動 訪談；面談
☑ ****into** [ˈɪntə] 印吐	介 進入

英文 & 中文注音	中文注釋
☑ **introduce** [ˌɪntrəˈdjus] 印粗拉丟斯	動 介紹
☑ **invent** [ɪnˈvɛnt] 印非煙徹	動 發明
☑ **invitation** [ˌɪnvəˈteʃən] 印佛貼遜	名 邀請
☑ **invite** [ɪnˈvaɪt] 印壞徹	動 邀請
☑ **iron** [ˈaɪɚn] 艾翁	名 鐵
☑ ****is** [ɪz] 衣斯	動 是；be動詞的第三人稱單數形
☑ ****island** [ˈaɪlənd] 艾嫩得	名 島
☑ ****it** [ɪt] 衣徹	代 它；牠
☑ ****its** [ɪts] 衣次	代 它的；牠的
☑ ****itself** [ɪtˈsɛlf] 衣徹洩而夫	代 它自己；牠自己

J

英文 & 中文注音	中文注釋
☑ **jacket ['dʒækɪt] 傑克衣徹	名 夾克；外套
☑ **jam** [dʒæm] 賤	名 果醬 動（口語）卡住了
☑ **January ['dʒænjʊˌɛrɪ] 娟呢兒瑞	名 一月
☑ **jazz** [dʒæz] 戒日	名 爵士音樂
☑ **jealous** ['dʒɛləs] 戒了斯	形 嫉妒的
☑ **jeans [dʒinz] 進斯	名 牛仔褲
☑ **jeep** [dʒip] 季波	名 吉普車
☑ **job [dʒɑb] 架波	名 工作；職位；職務
☑ **jog ['dʒɑg] 架哥	動 慢跑

英文 & 中文注音	中文注釋
☑ **join [dʒɔɪn] 救印	動 加入
☑ joke [dʒok] 救刻	名 笑話 動 說笑話
☑ journalist [ˈdʒɝnḷɪst] 救呢利斯徹	名 新聞記者；新聞從業人
☑ **joy [dʒɔɪ] 救衣	名 歡喜；歡樂
☑ judge [dʒʌdʒ] 架舉	動 判斷 名 法官
☑ **juice [dʒus] 救斯	名 果汁
☑ **July [dʒuˈlaɪ] 救賴	名 七月
☑ **jump [dʒʌmp] 醬波	動 跳躍 名 跳躍
☑ **June [dʒun] 求恩	名 六月
☑ **junior high school [ˈdʒunjɚˈhaɪˌskul] 啾尼兒害斯酷	名 初中；國中

英文 & 中文注音	中文注釋
☑ ****just** [dʒʌst] 架斯特	只有；只是

K

Mp3-12

英文 & 中文注音	中文注釋
☑ **kangaroo** [ˌkæŋgəˈru] 肯雇路	名 袋鼠
☑ ****keep** [kip] 刻衣波	動 保留；保持
☑ **ketchup** [ˈkɛtʃəp] 刻耶取阿普	名 蕃茄醬
☑ ****key** [ki] 刻衣	名 鑰匙
☑ ****kick** [kɪk] 刻衣刻	動 踢
☑ ****kid** [kɪd] 刻衣得	名 （口語）小孩子
☑ ****kill** [kɪl] 刻衣而	動 殺
☑ ****kilogram** [ˈkɪləgræm] 刻衣了格瑞恩	名 公斤；千克

英文 & 中文注音	中文注釋
☑ **kilometer** [kə'lɑmətɚ] 刻衣了妹特兒	名 公里
☑ ****kind** [kaɪnd] 慨恩得	形 良善；好心 名 種類
☑ **kindergarten** ['kɪndɚgɑrtn̩] 刻衣印得兒軋特兒恩	名 幼稚園
☑ ****king** [kɪŋ] 刻衣印	動 國王
☑ **kingdom** ['kɪŋdəm] 刻衣印得兒恩	名 王國
☑ ****kiss** [kɪs] 刻衣斯	動 親嘴；吻
☑ ****kitchen** ['kɪtʃən] 刻衣裙	名 廚房
☑ ****kite** [kaɪt] 慨徹	名 風箏
☑ **kitten** ['kɪtn̩] 刻衣特兒恩	名 小貓
☑ ****knee** [ni] 溺	名 膝蓋

英文 & 中文注音	中文注釋
☑ ****knife** [naɪf] 奈夫	名 刀
☑ ****knock** [nɑk] 那刻	名 敲；敲門
☑ ****know** [no] 諾	動 知道；認識
☑ ****knowledge** [ˈnɑlɪdʒ] 那利舉	名 知識；理解
☑ **koala** [koˈɑlə] 叩阿拉	名 無尾熊

L

Mp3-13

英文 & 中文注音	中文注釋
☑ **lack** [læk] 烈刻	動 缺少 名 缺少；缺乏
☑ **lady** [ˈledɪ] 累滴	名 女士；夫人
☑ ****lake** [lek] 累刻	名 湖
☑ **lamb** [læm] 念	名 羔羊

英文 & 中文注音	中文注釋
☑ ****lamp** [læmp] 念波	名 燈
☑ ****land** [lænd] 念得	名 陸地；土地 動 著陸
☑ ****language** ['læŋgwɪdʒ] 念跪舉	名 語言
☑ **lantern** ['læntɚn] 念特兒恩	名 提燈；花燈
☑ ****large** [lɑrdʒ] 辣舉	形 大的
☑ ****last** [læst] 辣斯徹	形 上一次的；最後的 動 延續；持續
☑ ****late** [let] 累徹	形 遲到；晚了；很晚
☑ ****later** ['letɚ] 累特兒	形 稍後；late的比較級
☑ **latest** ['letɪst] 累替斯徹	形 最新的；最遲的 副 最遲；最晚
☑ **latter** ['lætɚ] 累特兒	形 後者的

A B C D E F G H I J K L M N O P Q R S T U V W X Y Z

英文 & 中文注音	中文注釋
☑ ****laugh** [læf] 辣夫	動 笑
☑ **law** [lɔ] 漏	名 法律
☑ **lawyer** [ˈlɔjɚ] 漏衣兒	名 律師
☑ **lay** [le] 累	動（及物動詞）放置；生（蛋）；（不及物動詞：lie 的過去式）躺著
☑ ****lazy** [ˈlezɪ] 累日衣	形 怠惰的；無精神的
☑ ****lead** [lɛd] 累得	名 鉛
☑ ****lead** [lid] 利得	動 引導；主導；領導
☑ ****leader** [ˈlidɚ] 利得兒	名 領導人
☑ **leaf** [lif] 利夫	名 葉子
☑ ****learn** [lɝn] 嫩	動 學習；知曉

英文 & 中文注音	中文注釋
☑ **least [list] 利斯徹	形 最少的
☑ **leave [liv] 利夫	動 離開；留著
☑ **left [lɛft] 累夫徹	動 離開（leave的過去式） 形 左邊的；遺留；剩下的 名 左方
☑ **leg [lɛg] 累哥	名 腿
☑ **lemon ['lɛmən] 累檬	名 檸檬
☑ **lend [lɛnd] 念得	動 借
☑ **less [lɛs] 累斯	形 較少的 副 較不費力地
☑ **lesson ['lɛsn̩] 累森	名 課；教訓
☑ **let [lɛt] 累徹	動 讓
☑ **letter ['lɛtɚ] 累特兒	名 信

英文 & 中文注音	中文注釋
☑ **lettuce** ['lɛtɪs] 累替斯徹	名 萵苣；生菜
☑ **level** ['lɛvl̩] 累佛兒	名 程度；水平
☑ ****library** ['laɪˌbrɛrɪ] 賴伯兒瑞	名 圖書館
☑ **lick** ['lɪk] 利刻	動 舔
☑ **lid** [lɪd] 利得	名 蓋子
☑ ****lie** [laɪ] 賴	動 躺；說謊 名 謊話
☑ ****life** [laɪf] 賴夫	名 生活；人生
☑ **lift** [lɪft] 利夫徹	動 抬起；舉起 名 舉；（口語）搭便車
☑ ****light** [laɪt] 賴徹	名 燈；光 形 輕的；光亮的
☑ **lightning** ['laɪtnɪŋ] 賴特兒恩寧	名 閃電

英文 & 中文注音	中文注釋
☑ ****like** [laɪk] 賴刻	動 喜歡 介 像
☑ **likely** [ˈlaɪklɪ] 賴刻利	形 很有可能
☑ **limit** [ˈlɪmɪt] 利密徹	動 限制 名 界限；範圍
☑ ****line** [laɪn] 賴恩	名 線；繩索；電話線
☑ **link** [lɪŋk] 印刻	動 串起來；連起來 名 環
☑ ****lion** [ˈlaɪən] 賴翁	名 獅子
☑ ****lip** [lɪp] 利波	名 嘴唇
☑ **liquid** [ˈlɪkwɪd] 利潰得	名 液體 形 液態的
☑ ****list** [lɪst] 利斯徹	名 名單；明細表 動 列入名單
☑ ****listen** [ˈlɪsn̩] 利森	動 聽；傾聽

英文 & 中文注音	中文注釋
☑ **liter** [ˈlɪtɚ] 利特兒	名 公升
☑ ****little** [ˈlɪtl̩] 利頭	形 少的；小的
☑ ****live** [lɪv] 利夫	動 生活；過日子 形 [laɪv]活的；有生命的
☑ ****living room** [ˈlɪvɪŋˌrum] 利芬 潤	名 起居室；客廳
☑ **loaf** [lof] 漏夫	名 一條（麵包）
☑ **local** [ˈlokl̩] 漏叩	形 當地的；本地的
☑ **lock** [lɑk] 辣刻	名 鎖 動 鎖住
☑ **locker** [ˈlɑkɚ] 漏刻兒	名 收藏櫃
☑ ****lonely** [ˈlonlɪ] 隆利	形 寂寞的；孤獨的
☑ ****long** [lɔŋ] 弄	形 長的；（時間）久的

英文 & 中文注音	中文注釋
☑ **look [lʊk] 路刻	動 看；看起來 名 外觀
☑ **lose [luz] 路斯	動 失去；輸
☑ loser ['luzɚ] 路色兒	名 失敗者
☑ **loud [laʊd] 勞得	形 大聲
☑ **love [lʌv] 辣夫	動 愛；疼 名 愛；愛情
☑ lovely ['lʌvlɪ] 辣夫利	形 可愛的；美好的
☑ **low [lo] 漏	形 低
☑ **lucky ['lʌkɪ] 辣刻衣	形 幸運的
☑ **lunch [lʌntʃ] 爛取	名 午餐

A B C D E F G H I J K L M N O P Q R S T U V W X Y Z

M

Mp3-14

英文 & 中文注音	中文注釋
☑ **ma'am** [mæm] 面	名 夫人；對女士或女長輩的尊稱
☑ ****machine** [mə'ʃin] 媽遜	名 機器
☑ **mad** [mæd] 妹得	形 生氣；瘋了的
☑ **magazine** [ˌmægə'zin] 妹哥進	名 雜誌
☑ ****magic** ['mædʒɪk] 妹舉刻	名 魔法；魔術 形 魔術的；不可思議的
☑ **magician** [mə'dʒɪʃən] 妹舉遜	名 魔術師
☑ ****mail** [mel] 妹兒	名 郵件 動 郵寄；投郵
☑ ****mail carrier** ['melˌkærɪr] 妹兒 刻耶瑞兒	名 郵差
☑ ****mailman** ['melmən] 妹兒面	名 郵差 （又稱mail carrier）

英文 & 中文注音	中文注釋
☑ **main** [men] 面	形 主要的
☑ **major** ['medʒɚ] 妹舉兒	形 較重要的；主要的 名 主修科目
☑ ****make** [mek] 妹刻	動 製造；使得
☑ **male** [mel] 妹兒	形 雄性的 名 雄性
☑ **mall** [mɔl] 莫兒	名 大型購物中心
☑ ****man** [mæn] 面	名 男人；人類
☑ **manager** ['mænɪdʒɚ] 妹尼舉兒	名 經理
☑ **mango** ['mæŋgo] 慢哥	名 （水果）芒果
☑ **manner** ['mænɚ] 面呢兒	名 樣子；舉止；態度 （＊禮貌是 manners＊）
☑ ****many** ['mɛnɪ] 妹尼	形 許多的 代 許多

A B C D E F G H I J K L M N O P Q R S T U V W X Y Z

英文 & 中文注音	中文注釋
☑ ****map** [mæp] 妹波	名 地圖
☑ ****March** [mɑrtʃ] 罵取	名 三月
☑ ****mark** [mɑrk] 罵刻	名 記號；（考試）分數 動 做記號
☑ **marker** [ˈmɑrkɚ] 罵刻兒	名 簽字筆
☑ ****market** [ˈmɑrkɪt] 罵刻衣徹	名 市場
☑ ****married** [ˈmærɪd] 妹瑞得	形 已婚的
☑ **marry** [ˈmærɪ] 妹瑞	動 結婚
☑ **marvelous** [ˈmɑrvl̩əs] 罵佛了斯	形（口語）太棒了；不可思議的
☑ **mask** [mæsk] 罵斯刻	名 面具；面罩
☑ **mass** [mæs] 妹斯	名 一團

英文 & 中文注音	中文注釋
☐ **master** ['mæstɚ] 妹斯特兒	名 主人
☐ **mat** [mæt] 妹徹	名 墊子
☐ **match** ['mætʃ] 妹取	名 比賽；火柴 動 配對
☐ ****math** [mæθ] 妹溼	名 數學
☐ ****matter** ['mætɚ] 妹特兒	動 有要緊；有關係 名 事情
☐ **maximum** ['mæksɪməm] 妹刻細悶	名 最大；最久 形 最大量的
☐ ****may** [me] 妹	動 可以；可能（過去式是 might）
☐ ****May** [me] 妹	名 五月
☐ ****maybe** ['mebi] 妹碧	副 也許
☐ ****me** [mi] 密	代 我（I 的受格）

英文 & 中文注音	中文注釋
☑ ****meal** [mil] 密兒	名 餐點；餐
☑ ****mean** [min] 命	動 有意；意思是 形 刻薄的
☑ **meaning** [ˈminɪŋ] 密寧	名 意思；含意
☑ ****meat** [mit] 密徹	名 肉
☑ **mechanic** [məˈkænɪk] 密肯尼刻	名 汽車修理工
☑ **media** [ˈmidɪə] 密滴兒	名 媒體
☑ ****medicine** [ˈmɛdəsn̩] 妹得兒森	名 藥；醫學
☑ ****medium** [ˈmidɪəm] 密滴恩	形 中號的；中型；牛肉煮六、七分熟
☑ ****meet** [mit] 密徹	動 會面
☑ ****meeting** [ˈmitɪŋ] 密亭	名 會議

英文 & 中文注音	中文注釋
☑ **member** [ˈmɛmbɚ] 面伯兒	名 會員
☑ **men's room** [ˈmɛnz,rum] 面斯潤	名 男廁所
☑ ****menu** [ˈmɛnju] 面忸	名 菜單
☑ **message** [ˈmɛsɪdʒ] 妹細舉	名 留言；訊息
☑ **metal** [ˈmɛtl̩] 妹頭	名 金屬；金屬的
☑ **meter** [ˈmitɚ] 密特兒	名 計時器
☑ **method** [ˈmɛθəd] 妹色得	名 方法；步驟
☑ **microwave** [ˈmaɪkrə,wev] 賣叩了衛夫	名 微波爐
☑ **middle** [ˈmɪdl̩] 密逗	名 中央；中間 形 居中的；中間的
☑ **midnight** [ˈmɪd,naɪt] 密得奈徹	名 午夜；半夜

英文 & 中文注音	中文注釋
☑ ****might** [maɪt] 邁徹	動 也許；may的過去式
☑ ****mile** [maɪl] 賣兒	名 英哩
☑ ****milk** [mɪlk] 密兒刻	名 牛奶
☑ ****million** [ˈmɪljən] 密寧	名 一百萬 形 百萬的
☑ ****mind** [maɪnd] 麥恩得	動 介意 名 理智；心智
☑ **minor** [ˈmaɪnɚ] 賣呢兒	形 較小的；未成年的；不重要的
☑ **minus** [ˈmaɪnəs] 賣呢兒斯	形 減
☑ ****minute** [ˈmɪnɪt] 密你徹	名 （時間單位）分 形 [maɪˈnjut] 細小的；微小的
☑ **mirror** [ˈmɪrɚ] 密了	名 鏡子；反射
☑ ****Miss** [mɪs] 密思	名 （稱呼）小姐

英文 & 中文注音	中文注釋
☑ ****miss** [mɪs] 密思	動 錯過；想念
☑ ****mistake** [məˈstek] 密思貼克	名 錯誤 動 誤會；看錯
☑ **mix** [mɪks] 密可斯	動 混合
☑ **model** [ˈmɑdl̩] 罵逗兒	名 機型；模範；模特兒 動 做模型
☑ ****modern** [ˈmɑdɚn] 媽得兒恩	形 現代的
☑ ****mom** [mɑm] 媽	名 媽媽（mother的簡稱）
☑ ****moment** [ˈmomənt] 摸門徹	名 一瞬間；片刻
☑ ****mommy** [ˈmɑmɪ] 媽咪	名（暱稱）媽媽
☑ ****Monday** [ˈmʌnde] 曼爹	名 星期一
☑ ****money** [ˈmʌnɪ] 曼尼	名 金錢

英文 & 中文注音	中文注釋
☑ **monkey** [ˈmʌŋkɪ] 曼刻衣	名 猴子
☑ **monster** [ˈmɑnstɚ] 忙斯特兒	名 怪物
☑ **month** [mʌnθ] 曼斯	名 月；月份
☑ **moon** [mun] 悶恩	名 月亮
☑ **more** [mor] 莫兒	形 更多的 代 更多的東西
☑ **morning** [ˈmɔrnɪŋ] 摸寧	名 早晨
☑ **mop** [mɑp] 罵波	名 拖把；抹布
☑ **mosquito** [məsˈkito] 罵斯刻衣頭	名 蚊子
☑ **most** [most] 莫斯徹	形 最多的 代 大部分
☑ **mother** [ˈmʌðɚ] 媽惹兒	名 母親；媽媽（暱稱 mom；mommy）

英文 & 中文注音	中文注釋
⧄ **motion** ['moʃən] 摸遜	名 動作；移動；提議 動 用姿勢示意
⧄ ****motorcycle** ['motɚ,saɪkl̩] 摩托賽克兒	名 摩托車
⧄ ****mountain** ['maʊntn̩] 貓特恩	名 山
⧄ ****mouse** [maʊs] 帽斯	名 老鼠；（電腦）滑鼠
⧄ ****mouth** [maʊθ] 帽溼	名 嘴巴
⧄ ****move** [muv] 木夫	名 移動；搬家；提議
⧄ **movement** ['muvmənt] 木夫悶徹	名 移動
⧄ ****movie** ['muvɪ] 木非衣	名 電影
⧄ ****Mr.** ['mɪstɚ] 密斯特兒	名（稱呼）～先生；Mister 的簡寫
⧄ ****Mrs.** ['mɪsɪz] 密色斯	名（稱呼）～太太

英文 & 中文注音	中文注釋
⧄ **MRT** ['ɛm'ɑr'ti] 硯阿兒替	名 大眾捷運系統
⧄ ****Ms.** [mɪz] 密斯	名（稱呼）～女士
⧄ ****much** [mʌtʃ] 罵取	形 許多的 代 許多
⧄ **mud** [mʌd] 罵得	名 泥巴
⧄ ****museum** [mju'zɪəm] 喵悠日衣印	名 博物館
⧄ ****music** ['mjuzɪk] 喵日衣刻	名 音樂
⧄ **musician** [mju'zɪʃən] 喵日衣遜	名 音樂家
⧄ ****must** [mʌst] 罵斯徹	動 必須；必定
⧄ ****my** [maɪ] 賣	代 我的
⧄ ****myself** [maɪ'sɛlf] 賣洩而夫	代 我自己

N

Mp3-15

英文 & 中文注音	中文注釋
☑ **nail** [nel] 鎳兒	名 釘子
☑ ****name** [nem] 念	名 名字 動 命名
☑ **napkin** ['næpkɪn] 捏波刻衣印	名 餐巾；紙巾
☑ **narrow** ['næro] 捏囉	形 狹隘；窄的
☑ **nation** ['neʃən] 捏遜	名 國家
☑ ****national** ['neʃənl̩] 捏遜呢	形 全國的；國立的
☑ **natural** ['nætʃərəl] 捏球了	形 自然的；毫不奇怪的
☑ **nature** ['netʃɚ] 捏球兒	名 天然；自然界
☑ **naughty** ['nɔtɪ] 諾替	形 頑皮的

英文 & 中文注音	中文注釋
☑ ****near** [nɪr] 溺兒	副 靠近 介 接近
☑ **nearly** [ˈnɪrlɪ] 溺兒里	副 幾乎
☑ **necessary** [ˈnɛsəsɛrɪ] 捏色色瑞	形 必需的
☑ ****neck** [nɛk] 內刻	名 頸
☑ **necklace** [ˈnɛklɪs] 內刻利斯	名 項鍊
☑ ****need** [nid] 溺得	動 需要 名 需求
☑ **needle** [ˈnidl̩] 尼逗	名 針
☑ **negative** [ˈnɛgətɪv] 捏個兒替夫	形 負的；負面的
☑ **neighbor** [ˈnebɚ] 捏伯兒	名 鄰居
☑ **neither** [ˈniðɚ] 尼惹兒	形 兩者皆不

英文 & 中文注音	中文注釋
☑ **nephew** [ˈnɛfju] 捏非悠	名 姪兒；外甥
☑ **nervous** [ˈnɝvəs] 呢佛兒斯	形 緊張的
☑ **nest** [nɛst] 內斯徹	名 窩；巢
☑ ****never** [ˈnɛvɚ] 捏佛兒	副 從未；絕無；未曾
☑ ****new** [nju] 匿悠	形 新的
☑ ****news** [njuz] 匿悠斯	名 新聞
☑ **newspaper** [ˈnjuzˌpepɚ] 匿斯沛波兒	名 報紙
☑ ****next** [nɛkst] 內克斯徹	形 下一個
☑ ****nice** [naɪs] 耐斯	形 很好的
☑ **nice-looking** [ˈnaɪsˈlʊkɪŋ] 耐斯路刻衣印	形 面貌姣好的

A B C D E F G H I J K L M N O P Q R S T U V W X Y Z

英文 & 中文注音	中文注釋
☑ **niece** [nis] 耐斯	名 姪女；外甥女
☑ ****night** [naɪt] 耐徹	名 夜晚；夜間
☑ ****nine** [naɪn] 耐	名（數字）九 形 九個
☑ ****nineteen** [naɪn'tin] 耐亭	名（數字）十九 形 十九個
☑ **nineteenth** [naɪn'tinθ] 耐亭斯	形 第十九
☑ ****ninety** ['naɪntɪ] 耐替	名（數字）九十 形 九十個
☑ ****ninth** [naɪnθ] 耐溼	形 第九
☑ ****no** [no] 諾	形 沒有
☑ ****nobody** ['no,bɑdɪ] 諾巴滴	代 沒有人
☑ ****nod** [nɑd] 諾得	動 點頭 名 點頭

英文 & 中文注音	中文注釋
☑ ****noise** [nɔɪz] 諾衣日	名 雜音；噪音
☑ **noisy** [ˈnɔɪzɪ] 諾衣日衣	形 吵雜的
☑ **none** [nʌn] 浪	代 沒人；一點也沒有
☑ ****noodle** [ˈnudl̩] 奴得兒	名 麵條
☑ ****noon** [nun] 潤	名 正午
☑ **nor** [nɔr] 諾兒	連 也沒有
☑ ****north** [nɔrθ] 諾溼	名 北方
☑ ****nose** [noz] 諾斯	名 鼻子
☑ ****not** [nɑt] 那徹	不是；沒有；非～
☑ **note** [not] 諾徹	名 筆記；便條 動 註明

英文 & 中文注音	中文注釋
☑ **notebook ['not,bʊk] 諾徹布克	名 筆記本；筆記型電腦
☑ **nothing ['nʌθɪŋ] 那信	代 沒有東西
☑ **notice ['notɪs] 諾替斯	名 通知；通知單 動 注意到
☑ novel ['nɑvl̩] 那佛兒	名 小說
☑ **November [no'vɛmbɚ] 諾衛恩伯兒	名 十一月
☑ **now [naʊ] 鬧	副 現在
☑ **number ['nʌmbɚ] 讓伯兒	名 數字；號碼；電話號碼
☑ **nurse [nɝs] 諾兒斯	名 護士
☑ nut [nʌt] 那徹	名 硬殼果實（如花生、核桃等）

O

Mp3-16

英文 & 中文注音	中文注釋
☑ **obey** [ə'be] 歐背	動 遵守；遵從
☑ **object** ['ɑbdʒɪkt] 歐伯架刻徹	名 東西；物體 動 [æb'dʒɛkt] 反對
☑ **ocean** ['oʃən] 歐遜	名 大洋；海洋
☑ ****o'clock** [ə'klɑk] 歐克拉克	副 （時間）～點鐘
☑ ****October** [ɑk'tobɚ] 歐克托伯兒	名 十月
☑ ****of** [əv] 歐夫	介 ～的
☑ ****off** [ɔf] 歐夫	介 離開；表示分離的狀態 副 分離
☑ ****offer** ['ɔfɚ] 歐佛兒	動 提供；（邀請、價格…）提議 名 提出；提供
☑ ****office** ['ɔfɪs] 歐非衣斯	名 辦公室

A B C D E F G H I J K L M N O P Q R S T U V W X Y Z

英文 & 中文注音	中文注釋
☑ **officer ['ɔfɪsɚ] 歐菲衣色兒	名 警官；軍官；幹部
☑ **often ['ɔfən] 歐奮	副 時常
☑ **oil [ɔɪl] 歐衣兒	名 油；石油；（汽機車）機油
☑ **OK ['o'ke] 歐刻耶	形 好呀；還算好的
☑ **old [old] 嘔得	形 老的
☑ omit [o'mɪt] 歐密徹	動 省略；略去
☑ **on [ɑn] 甕	介 在……之上；（電器）開著；（節目）上演
☑ **once [wʌns] 萬斯	一次 連 一旦
☑ **one [wʌn] 萬	名（數字）一 形 一個 代 通稱每一個人
☑ oneself [wʌn'sɛlf] 萬洩而夫	代 自己；本身

英文 & 中文注音	中文注釋
☑ **onion** [ˈʌnjən] 阿尼恩	名 洋蔥
☑ ****only** [ˈonlɪ] 翁利	形 唯一的 副 剛剛；才
☑ ****open** [ˈopən] 歐盆	動 打開；開幕 形 開著的
☑ **operation** [ɑpəˈreʃən] 歐波瑞遜	名 操作；手術
☑ **opinion** [əˈpɪnjən] 歐披尼煙	名 意見
☑ ****or** [ɔr] 沃兒	連 或者
☑ ****orange** [ˈɔrɪndʒ] 歐潤舉	名 柳橙；橙色 形 橙色的
☑ ****order** [ˈɔrdɚ] 歐得兒	動 命令；點菜；訂購；訂貨 名 秩序；順序
☑ **ordinary** [ˈɔrdənˌɛrɪ] 歐滴耳瑞	形 普通的
☑ ****other** [ˈʌðɚ] 啊惹兒	形 別的 代 別人；他物

英文 & 中文注音	中文注釋
☑ ****our** [aʊr] 傲兒	代 我們的；we的所有格
☑ ****ours** [aʊrz] 傲兒斯	代 我們的東西
☑ ****ourselves** [aʊr'sɛlvz] 傲兒洩兒夫斯	代 我們自己
☑ ****out** ['aʊt] 傲徹	形 在外面 副 出去
☑ ****outside** ['aʊt'saɪd] 傲賽得	名 外面
☑ **oven** ['ʌvən] 阿芬恩	名 烤爐；爐
☑ ****over** ['ovɚ] 歐佛兒	形 結束 介 超過；在某物之上
☑ **overpass** ['ovɚ,pæs] 歐佛兒帕斯	動 超過 名 陸橋
☑ **overseas** ['ovɚ'siz] 歐佛兒細斯	形 海外的 副 在海外
☑ **over-weight** ['ovɚ,wet] 歐佛兒衛徹	形 超重；體重過重

英文 & 中文注音	中文注釋
☑ ****own** [on] 甕	動 擁有 形 自己的
☑ **owner** [ˈonɚ] 翁呢兒	名 物主；負責人
☑ **ox** [ɑks] 啊刻斯	名 公牛

P

Mp3-17

英文 & 中文注音	中文注釋
☑ ****pack** [pæk] 佩克	動 裝箱；打點行李 名 包裹
☑ ****package** [ˈpækɪdʒ] 佩刻衣舉	名 包裹；整套
☑ ****page** [pedʒ] 佩舉	名 頁 動 呼叫
☑ **pain** [pen] 騙	名 痛
☑ **painful** [ˈpenfəl] 騙霍兒	形 痛苦的
☑ ****paint** [pent] 騙徹	動 油漆；繪畫 名 漆

A B C D E F G H I J K L M N O P Q R S T U V W X Y Z

英文 & 中文注音	中文注釋
☑ **painter** ['pentɚ] 騙特兒	名 畫家；油漆工
☑ ****pair** [pɛr] 沛兒	名 一雙
☑ **pajamas** [pə'dʒæməs] 帕架莫兒斯	名 睡衣
☑ **pale** [pel] 沛兒	形 蒼白
☑ **pan** [pæn] 騙	名 平底鍋
☑ **panda** ['pændə] 騙搭	名 貓熊
☑ ****pants** [pænts] 騙次	名 褲子
☑ **papaya** [pə'pɑjə] 帕帕雅	名 木瓜
☑ ****paper** ['pepɚ] 胚波兒	名 紙；報紙（newspaper的簡寫）
☑ **pardon** ['pɑrdn̩] 帕兒得恩	動 原諒 名 原諒

英文 & 中文注音	中文注釋
☑ ****parent** [ˈpɛrənt] 胚潤徹	名 雙親之一；（指父母親要用parents）
☑ ****park** [pɑrk] 泊刻	名 公園 動 停車
☑ **parking lot** [ˈpɑrkɪŋ,lɑt] 怕刻衣印漏徹	名 停車場
☑ **parrot** [ˈpærət] 沛婁徹	名 鸚鵡
☑ ****part** [pɑrt] 泊徹	名 部份 動 分開
☑ **partner** [ˈpɑrtnɚ] 怕特恩呢兒	名 伙伴；合夥人
☑ ****party** [ˈpɑrtɪ] 泊替	名 宴會；派對；政黨
☑ ****pass** [pæs] 沛斯	動 投；遞；通過
☑ **passenger** [ˈpæsn̩dʒɚ] 沛羨舉兒	名 乘客
☑ ****past** [pæst] 沛斯徹	形 過去的 介 經過……

A B C D E F G H I J K L M N O P Q R S T U V W X Y Z

英文 & 中文注音	中文注釋
☑ **paste** [pest] 沛斯徹	動 糊上；貼上 名 膏狀物
☑ **path** [pæθ] 沛斯	名 路徑
☑ **patient** [ˈpeʃənt] 沛遜徹	形 有耐心的 名 病人
☑ **pattern** [ˈpætɚn] 沛特恩	名 格式；樣式；模型
☑ **pause** [pɔz] 泊斯	動 中止；暫停
☑ ****pay** [pe] 佩	動 付錢 名 薪水
☑ ****PE** [ˈpiˈi] 批 易	名 （課程）體育課
☑ **peace** [pis] 庇斯	名 平安；和平
☑ **peaceful** [ˈpisfəl] 庇斯惑	形 和平的
☑ **peach** [pitʃ] 庇取	名 桃子

英文 & 中文注音	中文注釋
☑ **pear** [pɛr] 沛兒	名 梨子
☑ ****pen** [pɛn] 騙	名 筆
☑ ****pencil** [ˈpɛnsḷ] 騙色兒	名 鉛筆
☑ ****people** [pipḷ] 批波兒	名 人；民族
☑ **pepper** [ˈpɛpɚ] 沛波兒	名 胡椒
☑ **perfect** [ˈpɝfɪkt] 波兒費刻	形 完美的
☑ ****perhaps** [pɚˈhæps] 波而嘿普斯	副 也許；或許
☑ **period** [ˈpɪrɪəd] 庇瑞兒得	名 時期；句點；（學校）一堂課
☑ ****person** [ˈpɝsṇ] 波而森	名 人
☑ **personal** [ˈpɝsṇḷ] 波兒森呢	形 私人的

A B C D E F G H I J K L M N O P Q R S T U V W X Y Z

英文 & 中文注音	中文注釋
☑ **pet [pɛt] 佩徹	名 寵物
☑ **phone [fon] 奉	名 電話 動 打電話
☑ photo [′foto] 佛頭	名 照片；相片
☑ physics [′fɪzɪks] 非衣日衣刻斯	名 物理
☑ **piano [pɪ′æno] 皮啊諾	名 鋼琴
☑ **pick [pɪk] 庇刻	動 挑選；採摘
☑ **picnic [′pɪknɪk] 庇刻尼刻	名 野餐 動 去野餐
☑ **picture [′pɪktʃɚ] 庇刻球兒	名 圖畫；照片
☑ **pie [paɪ] 派	名 （烘焙的食品）派餅
☑ **piece [pis] 庇斯	名 一片

英文 & 中文注音	中文注釋
☑ ****pig** [pɪg] 庇哥	名 豬
☑ **pigeon** ['pɪdʒən] 庇菌	名 鴿子
☑ **pile** [paɪl] 派兒	名 一大疊 動 堆疊
☑ **pillow** ['pɪlo] 披囉	名 枕頭
☑ **pin** [pɪn] 聘	名 針；徽章 動 別徽章
☑ **pineapple** ['paɪn,æpḷ] 派捏破	名 鳳梨
☑ ****pink** [pɪŋk] 聘刻	名 粉紅色 形 粉紅色
☑ **pipe** [paɪp] 派波	名 水管
☑ ****pizza** ['pɪzə] 披薩	名 匹薩餅
☑ ****place** [ples] 普累斯	名 地方；放置

英文 & 中文注音	中文注釋
☑ **plain** [plen] 普念	形 平常的；清楚明白的
☑ ****plan** [plæn] 普念	名 計畫 動 打算
☑ ****plane** [plen] 普念	名 飛機
☑ **planet** ['plænɪt] 普念尼徹	名 行星
☑ **plant** [plænt] 普念徹	名 植物；工廠 動 種植
☑ **plate** [plet] 普累徹	名 盤子
☑ **platform** ['plæt,fɔrm] 普累徹奉	名 （火車）月台；站立的台子
☑ ****play** [ple] 普累	動 玩；打球 名 戲劇
☑ ****player** ['pleɚ] 普累兒	名 球員
☑ ****playground** ['ple,graʊnd] 普累格讓得	名 （兒童）遊樂場；操場

英文 & 中文注音	中文注釋
☑ **pleasant** ['plɛzn̩t] 普累忍徹	[形] 愉快的；和藹的
☑ ****please** [pliz] 普利斯	[動] 請；取悅
☑ **pleased** [plizd] 普利日得	[形] 感到高興
☑ **pleasure** ['plɛʒɚ] 普累舉兒	[名] 榮幸；樂趣
☑ **plus** [plʌs] 普辣斯	[動] 加
☑ ****p.m.** ['pi'ɛm] 披 耶恩	[名] 下午
☑ **pocket** ['pɑkɪt] 泊刻衣徹	[名] 口袋
☑ **poem** ['poɪm] 破衣恩	[名] 詩
☑ ****point** [pɔɪnt] 破印徹	[名] 要點；重點；分數；尖端 [動] 削尖；指出
☑ **poison** ['pɔɪzn̩] 破衣忍	[名] 毒藥；毒素

英文 & 中文注音	中文注釋
☑ **police [pə'lis] 波利斯	名 警方；警察
☑ **polite [pə'laɪt] 波賴徹	形 客氣的
☑ pollute [pə'lut] 波兒路徹	動 污染
☑ pollution [pə'luʃən] 破兒路遜	名 污染
☑ pond [pɑnd] 胖得	名 小湖；池塘
☑ pool [pul] 瀑歐	名 游泳池；池塘
☑ **poor [pʊr] 瀑兒	形 可憐的；窮的；品質低劣的
☑ pop music ['pɑp,mjuzɪk] 帕波喵悠日徹	名 流行音樂
☑ **popcorn ['pɑp,korn] 怕波控	名 爆玉米花
☑ **popular ['pɑpjələ˞] 泊波悠了	形 受歡迎的

英文 & 中文注音	中文注釋
☑ **population** [ˌpapjəˈleʃən] 怕波悠累遜	名 人口
☑ ****pork** [pork] 泊刻	名 豬肉
☑ **position** [pəˈzɪʃən] 波兒日衣遜	名 位置
☑ **positive** [ˈpazətɪv] 怕惹兒替夫	形 正面的；正數的
☑ ****possible** [ˈpasəbl̩] 泊細伯	形 可能的
☑ ****post office** [ˈpostˌɔfɪs] 泊斯徹 歐菲斯	名 郵局
☑ ****postcard** [ˈpostˌkard] 破斯徹卡兒得	名 明信片
☑ **pot** [pat] 怕徹	名 壺
☑ **potato** [pəˈteto] 波兒貼托	名 馬鈴薯
☑ ****pound** [paʊnd] 胖恩得	名 磅

A B C D E F G H I J K L M N O P Q R S T U V W X Y Z

英文 & 中文注音	中文注釋
☑ **powder** ['paʊdɚ] 抛得兒	名 粉；粉末；化妝粉
☑ **power** ['paʊɚ] 泡兒	名 電力；權力；力量
☑ ****practice** ['præktɪs] 普累哥替斯	動 練習；演練 名 練習
☑ **praise** [prez] 普累斯	名 稱讚 動 讚美
☑ **pray** [pre] 普累	名 禱告 動 禱告
☑ **precious** ['prɛʃəs] 普累休兒斯	形 寶貴的
☑ ****prepare** [prɪ'pɛr] 普利佩而	動 準備
☑ ****present** ['prɛzn̩t] 普累忍徹	名 禮物 形 出席 動 [prɪ'zɛnt] 獻上；簡報
☑ **president** ['prɛzɪdənt] 普累日衣得恩徹	名 總統；社長
☑ **pressure** ['prɛʃɚ] 普累舉	名 壓力

英文 & 中文注音	中文注釋
☑ ****pretty** ['prɪtɪ] 普利替	形 美麗 副 非常；相當
☑ ****price** [praɪs] 普賴斯	名 價格
☑ **priest** [prist] 普利斯徹	名 神父；傳道人
☑ **primary** ['praɪmərɪ] 普賴莫兒瑞	形 第一的；最初的；主要的
☑ **prince** [prɪns] 普吝斯	名 王子
☑ **princess** ['prɪnsɛs] 普吝色兒斯	名 公主
☑ **principal** ['prɪnsəpl̩] 普吝細波	形 主要的 名 校長
☑ **print** [prɪnt] 普吝徹	動 印；列印 名 印出的東西
☑ **private** ['praɪvɪt] 普賴佛徹	形 有隱私的
☑ **prize** ['praɪz] 普賴斯	名 獎品；獎金

英文 & 中文注音	中文注釋
☑ **probably** ['prɑbəblɪ] 普辣波兒利	副 或許；可能的
☑ ****problem** ['prɑbləm] 普辣伯嫩	名 問題；困難
☑ **produce** [prə'djus] 波兒丟斯	動 製造；產生 名 農產品
☑ **production** [prə'dʌkʃən] 波兒搭刻遜	名 生產；製作
☑ **professor** [prə'fɛsɚ] 波兒非色兒	名 教授
☑ ****program** ['progræm] 普漏格瑞恩	名 節目；電腦程式
☑ **progress** ['prɑgrɛs] 普拉格累斯	名 進度 動 前進
☑ **project** ['prɑdʒɛkt] 普拉傑克	名 專案；勞作；學校研究作業
☑ **promise** ['prɑmɪs] 普拉密斯	名 承諾；保證 動 答應
☑ **pronounce** [prə'naʊns] 普兒讓斯	動 發音

英文 & 中文注音	中文注釋
☑ **protect** [prə'tɛkt] 波兒貼刻徹	動 保護
☑ ****proud** [praʊd] 普勞得	形 感到驕傲
☑ **provide** [prə'vaɪd] 波兒外得	動 準備；供給
☑ ****public** ['pʌblɪk] 帕布立刻	形 公用的；公共的
☑ ****pull** [pʊl] 瀑而	動 拉
☑ **pump** [pʌmp] 帕恩波	名 幫浦
☑ **pumpkin** ['pʌmpkɪn] 帕波刻衣印	名 南瓜
☑ **punish** ['pʌnɪʃ] 帕尼須	動 處罰
☑ **puppy** ['pʌpɪ] 帕披	名 小狗
☑ ****purple** ['pɝpl̩] 波而迫	名 紫色 形 紫色的

英文 & 中文注音	中文注釋
☑ **purpose** ['pɝpəs] 波兒波兒斯	名 目的
☑ **purse** [pɝs] 破兒斯	名 錢包
☑ ****push** [pʊʃ] 瀑須	動 按；推
☑ ****put** [pʊt] 瀑徹	動 放
☑ **puzzle** ['pʌzḷ] 怕惹兒	名 謎

Q

Mp3-18

英文 & 中文注音	中文注釋
☑ **quarter** ['kwɔrtɚ] 闊特兒	名（美金）二十五分錢硬幣；四分之一
☑ ****queen** [kwin] 潰衣恩	名 皇后；女王
☑ ****question** ['kwɛstʃən] 潰斯裙	名 問題 動 質問
☑ ****quick** [kwɪk] 潰衣刻	形 快的；迅速的

英文 & 中文注音	中文注釋
☑ **quiet [ˈkwaɪət] 塊兒徹	形 安靜的
☑ quit [kwɪt] 潰衣徹	動 終止；辭職
☑ **quite [kwaɪt] 塊徹	副 很；非常
☑ quiz [kwɪz] 潰衣日	名 小考

R

Mp3-19

英文 & 中文注音	中文注釋
☑ **rabbit [ˈræbɪt] 瑞比徹	名 兔子
☑ race [res] 瑞斯	名 種族；競賽；賽跑 動 比賽；追逐
☑ **radio [ˈredɪˌo] 瑞滴歐	名 收音機；無線電
☑ railroad [ˈrelˌrod] 瑞兒漏得	名 鐵路
☑ **railway [ˈrelˌwe] 瑞了衛	名 鐵路

A B C D E F G H I J K L M N O P Q R S T U V W X Y Z

英文 & 中文注音	中文注釋
☑ ****rain** [ren] 瑞恩	名 雨 動 下雨
☑ ****rainbow** [ˈrenˌbo] 瑞恩波	名 彩虹
☑ **raincoat** [ˈrenˌkot] 瑞恩叩徹	名 雨衣
☑ ****rainy** [ˈrenɪ] 瑞恩尼	形 下雨的
☑ **raise** [rez] 瑞日	動 抬起；養育；增加
☑ **rare** [rɛr] 瑞兒	形 稀少；罕見的；牛肉煮三分熟
☑ **rat** [ræt] 瑞徹	名 大老鼠
☑ **rather** [ˈræðɚ] 瑞惹兒	副 寧可
☑ **reach** [ˈritʃ] 瑞取	動 達到；到達；伸手拿
☑ ****read** [rid] 瑞得	動 讀；（過去式讀為 [rɛd]）

英文 & 中文注音	中文注釋
☑ ****ready** ['rɛdɪ] 瑞滴	形 準備好
☑ ****real** [riəl] 瑞兒	形 真實的
☑ **realize** ['riə,laɪz] 瑞兒賴日	動 明瞭；知道
☑ ****really** ['riəlɪ] 瑞兒利	副 真的
☑ **reason** ['rizn̩] 瑞忍	名 理由 動 論理
☑ **receive** [rɪ'siv] 瑞細夫	動 接受；收到
☑ **record** ['rɛkɚd] 瑞可得	名 記錄 動 [rɪ'kɔrd] 記錄；錄音
☑ **recorder** [rɪ'kɔrdɚ] 瑞叩得兒	名 錄音機；記錄器
☑ **recover** [rɪ'kʌvɚ] 瑞卡佛兒	動 恢復
☑ **rectangle** ['rɛktæŋgl̩] 瑞天個兒	名 長方形

A B C D E F G H I J K L M N O P Q R S T U V W X Y Z

英文 & 中文注音	中文注釋
☑ **recycle** [rɪ'saɪkḷ] 瑞賽叩兒	動 回收；廢物利用
☑ ****red** [rɛd] 瑞得	名 紅色 形 紅色的
☑ ****refrigerator** [rɪ'frɪdʒə,retɚ] 瑞夫瑞舉瑞特兒	名 冰箱
☑ **refuse** [rɪ'fjuz] 瑞非悠斯	動 拒絕
☑ **regret** [rɪ'grɛt] 瑞格累徹	名 懊悔 動 後悔
☑ **regular** ['rɛgjəlɚ] 瑞個悠了	形 例行的；規律的
☑ **reject** [rɪ'dʒɛkt] 瑞借刻徹	動 拒絕
☑ **relative** ['rɛlətɪv] 瑞了替夫	名 親戚
☑ ****remember** [rɪ'mɛmbɚ] 瑞面伯兒	動 記得
☑ **remind** [rɪ'maɪnd] 瑞賣恩得	動 提醒

英文 & 中文注音	中文注釋
☑ **rent** [rɛnt] 瑞恩徹	動 出租 名 租金
☑ **repair** [rɪ'pɛr] 瑞沛兒	動 修理
☑ ****repeat** [rɪ'pit] 瑞庇徹	動 重複
☑ **report** [rɪ'pɔrt] 瑞破徹	動 報導；報告 名 報告
☑ **reporter** [rɪ'pɔrtɚ] 瑞破特兒	名 記者
☑ **respect** [rɪs'pɛkt] 瑞斯沛刻徹	名 尊敬 動 尊重
☑ **responsible** [rɪ'spɑnsəbl̩] 瑞斯胖色兒波	形 有責任的；負責的
☑ ****rest** [rɛst] 瑞斯徹	動 休息 名 休息
☑ ****restaurant** ['rɛstərənt] 瑞斯特潤徹	名 餐館；飯店
☑ ****restroom** ['rɛst͵rum] 瑞斯特潤	名 廁所；化妝室

英文 & 中文注音	中文注釋
☑ result [rɪ'zʌlt] 瑞繞兒徹	名 結果 動 導致
☑ return [rɪ'tɝn] 瑞特恩	動 歸還；返回 名 返回；回歸
☑ review [rɪ'vju] 瑞夫悠	動 複習（功課）；審核 名 評論
☑ revise [rɪ'vaɪz] 瑞外日	動 修正
☑ **rice [raɪs] 瑞斯	名 米；飯
☑ **rich [rɪtʃ] 瑞取	形 富有的
☑ **ride [raɪd] 瑞得	動 搭載；（用車子）載；搭乘；騎
☑ **right [raɪt] 瑞徹	名 權利；右邊 形 正確；正是；正好；右邊的；馬上
☑ **ring [rɪŋ] 潤	名 戒指；圓形的圈 動 搖鈴
☑ rise [raɪz] 瑞日	動 （太陽）升起；上漲；起立

英文 & 中文注音	中文注釋
☑ ****river** ['rɪvɚ] 瑞佛兒	名 河川
☑ ****road** [rod] 漏得	名 路
☑ **rob** [rɑb] 辣波	動 搶；奪
☑ ****ROC** ['ɑr'o'si] 啊 歐 西	名 中華民國（Republic of China 的簡稱）
☑ **robot** ['robɑt] 漏霸徹	名 機械人
☑ **rock** ['rɑk] 辣刻	名 石頭 動 搖晃
☑ **role** ['rol] 肉	名 角色；職務
☑ **roll** ['rol] 肉	動 滾動
☑ **roller skate** ['rolɚ,sket] 肉了斯刻耶徹	動 滑輪式溜冰
☑ **roller blade** ['rolɚ,bled] 肉了不累得	動 滑直排輪

A B C D E F G H I J K L M N O P Q R S T U V W X Y Z

英文 & 中文注音	中文注釋
☑ **roof** [ruf] 路夫	名 屋頂
☑ ****room** [rum] 潤	名 房間；空間
☑ **root** [rut] 路徹	名（植物）根
☑ **rope** [rop] 漏波	名 繩子
☑ ****rose** [roz] 肉斯	名 玫瑰花 動 升起；rise 的過去式
☑ ****round** [raʊnd] 亂得	形 圓的
☑ **row** [ro] 漏	名（座位）排；列 動 划船
☑ **rub** [rʌb] 辣波	動 揉；搓
☑ **rubber** [ˈrʌbɚ] 辣波兒	名 橡膠
☑ **rude** [rud] 路得	形 無禮的；魯莽的

英文 & 中文注音	中文注釋
☑ **ruin** [ruɪn] 路印	動 破壞；毀滅
☑ ****rule** [rul] 路兒	名 規則 動 統治；判決
☑ ****ruler** ['rulɚ] 路了	名 尺
☑ ****run** [rʌn] 讓	動 跑步；執行；競選
☑ **rush** [rʌʃ] 辣須	形 緊急的；急著趕 動 衝；催促

S

Mp3-20

英文 & 中文注音	中文注釋
☑ ****sad** [sæd] 洩得	形 悲傷的
☑ ****safe** [sef] 洩夫	形 安全的 名 保險箱
☑ **safety** ['seftɪ] 洩夫替	名 安全性
☑ **sail** [sel] 洩兒	名 帆 動 揚帆；啟航

英文 & 中文注音	中文注釋
☑ sailor [ˈselɚ] 洩了	名 海員；水手
☑ **salad [ˈsæləd] 洩了得	名 沙拉
☑ **sale [sel] 洩而	名 販售
☑ salesman [ˈselzmən] 洩兒日面	名 銷售員；售貨員
☑ **salt [sɔlt] 受徹	名 鹽
☑ **same [sem] 羨恩	形 相同
☑ sample [ˈsæmpl̩] 羨波	名 樣本
☑ sand [ˈsænd] 羨得	名 沙土
☑ **sandwich [ˈsænwɪtʃ] 羨得衛取	名 三明治
☑ satisfy [ˈsætɪsfaɪ] 洩夫替	動 滿意

英文 & 中文注音	中文注釋
☑ ****Saturday** ['sætɚde] 洩特兒爹	名 星期六
☑ **saucer** ['saʊsɚ] 燒色兒	名 茶碟；碟狀物的東西
☑ ****save** [sev] 洩夫	動 救；節省
☑ ****say** [se] 洩	動 說
☑ **scared** [skɛrd] 斯刻耶兒得	形 害怕的
☑ **scarf** [skɑrf] 斯軋夫	名 圍巾
☑ **scene** [sin] 信	名 景象；場景
☑ **scenery** ['sinərɪ] 信呢兒瑞	名 風景
☑ ****school** ['skul] 斯酷兒	名 學校
☑ **science** ['saɪəns] 賽印斯	名 科學

英文 & 中文注音	中文注釋
☑ **scientist** [ˈsaɪəntɪst] 賽印替斯徹	名 科學家
☑ **scooter** [ˈskutɚ] 斯酷特兒	名（玩具）踏板車；速克達機車
☑ **score** [skor] 斯叩兒	名 分數 動 得分
☑ **screen** [skrin] 斯酷吝	名 幕；（電視）螢幕
☑ ****sea** [si] 細	名 海；大海
☑ **seafood** [ˈsiˌfud] 細護得	名 海產
☑ **search** [sɝtʃ] 色兒取	動 尋找
☑ ****season** [ˈsizn̩] 細忍	名 季節；一季
☑ ****seat** [sit] 細徹	名 座位 動 就座
☑ ****second** [ˈsɛkənd] 洩肯得	形 第二的 名（時間單位）秒

英文 & 中文注音	中文注釋
☑ **secondary** ['sɛkənd,ɛrɪ] 洩肯得瑞	形 次要的；第二的
☑ **secret** ['sikrɪt] 細酷利徹	名 秘密
☑ **secretary** ['sɛkrə,tɛrɪ] 洩酷利徹瑞	名 秘書
☑ **section** ['sɛkʃən] 洩刻遜	名 區域；（文章的）段落
☑ ****see** [si] 細	動 看見；（口語）明白
☑ **seed** [sid] 細得	名 種子；核
☑ **seek** [sik] 細刻	動 尋；追求
☑ **seem** [sim] 細印	動 似乎
☑ **seesaw** ['si,sɔ] 細索	名 蹺蹺板
☑ ****seldom** ['sɛldəm] 洩而得恩	副 很少；難得有

英文 & 中文注音	中文注釋
☑ **select** [sə'lɛkt] 色兒累刻徹	動 選擇
☑ **selfish** ['sɛlfɪʃ] 洩兒費衣須	形 自私的
☑ **sell [sɛl] 洩而	動 賣
☑ **semester** [sə'mɛstɚ] 色妹斯特兒	名 學期
☑ **send [sɛnd] 羨得	動 寄；送；派遣
☑ **senior high school ['sinjɚ'haɪ,skul] 細尼兒 害 斯酷兒	名 高級中學
☑ **sense** [sɛns] 羨斯	名 感官；意識 動 意識到
☑ **sentence ['sɛntəns] 羨填斯	名 句子
☑ **September [sɛp'tɛmbɚ] 洩波填伯兒	名 九月
☑ **serious ['sɪriəs] 細瑞而斯	形 嚴重的；嚴肅的

英文 & 中文注音	中文注釋
☑ **servant** ['sɝvənt] 色而穩徹	名 僕人
☑ **serve** [sɝv] 色夫	動 服務；供應；發球；上菜
☑ **service** ['sɝvɪs] 色兒非衣斯	名 服務
☑ **set** ['sɛt] 洩徹	動 安置 名 一套
☑ ****seven** ['sɛvən] 洩芬恩	名 （數字）七 形 七個
☑ ****seventeen** [ˌsɛvən'tin] 洩芬亭	名 （數字）十七 形 十七個
☑ **seventeenth** [ˌsɛvən'tinθ] 洩芬亭斯	形 第十七
☑ ****seventh** ['sɛvənθ] 洩芬斯	形 第七
☑ ****seventy** ['sɛvəntɪ] 洩芬替	名 （數字）七十 形 七十個
☑ ****several** ['sɛvrəl] 洩佛了	形 幾個

A B C D E F G H I J K L M N O P Q R S T U V W X Y Z

英文 & 中文注音	中文注釋
☐ **shake** [ʃek] 穴刻	動 搖動 名 （飲料）奶昔
☐ ****shall** [ʃæl] 洩兒	助 將要
☐ ****shape** [ʃep] 穴波	名 形狀
☐ ****share** [ʃɛr] 穴而	動 分享 名 分配到的一份；股份
☐ **shark** [ʃɑrk] 嚇刻	名 鯊魚
☐ **sharp** [ʃɑrp] 嚇波	形 銳利的；敏銳的
☐ ****she** [ʃi] 蓄	代 她 ＊以下是與she有關的字＊ her　受格；所有格：她的 herself　反身代名詞：她自己
☐ ****sheep** [ʃip] 蓄波	名 綿羊
☐ **sheet** [ʃit] 細徹	名 一張紙；床單

英文 & 中文注音	中文注釋
☑ **shelf** [ʃɛlf] 穴兒夫	名 架子
☑ **shine** [ʃaɪn] 向恩	動 擦亮（皮鞋）；照射
☑ ****ship** [ʃɪp] 細波	名 船
☑ ****shirt** [ʃɝt] 秀兒徹	名 襯衫
☑ ****shoes** [ʃuz] 咻斯	名 鞋子（一隻鞋是shoe）
☑ ****shop** [ʃɑp] 嚇波	動 購物 名 小店
☑ ****shopkeeper** [ˈʃɑpˌkipɚ] 嚇波刻衣波兒	名 店主人
☑ **shoot** [ʃut] 咻徹	動 射擊；（籃球）投籃
☑ **shore** [ʃor] 秀兒	名 海岸
☑ ****short** [ʃɔrt] 秀兒徹	名 短的；不足的

A B C D E F G H I J K L M N O P Q R S T U V W X Y Z

英文 & 中文注音	中文注釋
☑ **shorts** [ʃɔrts] 秀兒次	名 短褲
☑ ****should** [ʃʊd] 須得	助 應該；將要（shall 的過去式）
☑ ****shoulder** [ˈʃoldɚ] 休得兒	名 肩膀
☑ **shout** [ʃaʊt] 孝徹	動 大聲叫喊
☑ ****show** [ʃo] 秀	動 展示；給(某人)看；表演 名 節目
☑ **shower** [ʃaʊr] 孝兒	名 淋浴；陣雨
☑ **shrimp** [ʃrɪmp] 須潤波	名 蝦
☑ **shut** [ʃʌt] 下徹	動 關
☑ ****shy** [ʃaɪ] 嚇	形 害羞的
☑ ****sick** [sɪk] 細刻	形 生病；不舒服

英文 & 中文注音	中文注釋
☑ **side [saɪd] 賽得	名 旁邊；一方
☑ **sidewalk ['saɪd,wɔlk] 賽得沃刻	名 （大路旁的）人行道
☑ sight [saɪt] 賽徹	名 視覺；眼睛所見的景象
☑ sign [saɪn] 賽印	名 記號；招牌；號誌；牌子 動 簽名
☑ silence ['saɪləns] 賽嫩斯	名 寂靜
☑ silent ['saɪlənt] 賽嫩徹	形 寂靜的；無聲的
☑ silly ['sɪlɪ] 細哩	形 傻的
☑ silver ['sɪlvɚ] 細佛兒	名 銀；銀色 形 銀色的
☑ similar ['sɪmələ˞] 細密了	形 相似的
☑ **simple ['sɪmpl̩] 信波兒	形 簡單的；簡易的

A B C D E F G H I J K L M N O P Q R S T U V W X Y Z

英文 & 中文注音	中文注釋
☑ **since [sɪns] 信斯	連 自從
☑ sincere [sɪn'sɪr] 信細兒	形 真誠的
☑ **sing [sɪŋ] 信	動 唱歌
☑ **singer ['sɪŋɚ] 信哥兒	名 歌手
☑ single ['sɪŋgḷ] 信個兒	形 單一的；單身；未婚；單人的
☑ sink [sɪŋk] 信刻	動 沈沒（過去式sank） 名 洗臉槽；水槽
☑ **sir [sɝ] 色兒	名 先生
☑ **sister ['sɪstɚ] 細斯特兒	名 姊妹
☑ **sit [sɪt] 細徹	動 坐
☑ **six [sɪks] 細克斯	名（數字）六 形 六個

英文 & 中文注音	中文注釋
☑ ****sixteen** [sɪks'tin] 細克斯亭	名（數字）十六 形 十六個
☑ **sixteenth** [sɪks'tinθ] 細刻斯亭斯	形 第十六
☑ ****sixth** [sɪksθ] 細克斯	形 第六
☑ ****sixty** ['sɪkstɪ] 細克斯替	名（數字）六十 形 六十個
☑ ****size** [saɪz] 賽斯	名 尺碼；大小
☑ **skate** ['sket] 斯給耶徹	動 溜冰
☑ **ski** ['ski] 斯季	動 滑雪
☑ **skill** [skɪl] 斯季兒	名 技巧；技術
☑ **skillful** ['skɪlfəl] 斯季兒惑兒	形 有技巧的；熟練的
☑ **skin** [skɪn] 斯刻衣印	名 皮膚

英文 & 中文注音	中文注釋
☑ **skinny** ['skɪnɪ] 斯刻衣印尼	形 瘦的
☑ ****skirt** [skɝt] 斯個兒徹	名 裙子
☑ ****sky** [skaɪ] 斯蓋哀	名 天空
☑ ****sleep** [slip] 斯利波	動 睡覺 名 睡眠
☑ **sleepy** ['slipɪ] 斯利披	形 愛睏的；想睡的
☑ **slender** ['slɛndɚ] 斯念得兒	形 苗條的
☑ **slide** [slaɪd] 斯賴得	動 滑；向下滑
☑ **slim** [slɪm] 斯利恩	形 苗條的
☑ **slippers** ['slɪpɚz] 斯利波兒日	名 拖鞋
☑ ****slow** [slo] 斯漏	形 遲緩的；慢的 動 降低速度

英文 & 中文注音	中文注釋
☑ ****small** [smɔl] 斯莫	形 小的
☑ ****smart** [smɑrt] 斯罵徹	形 聽明的
☑ ****smell** [smɛl] 斯妹兒	動 聞到 名 嗅覺；（香、臭等）味道
☑ ****smile** [smaɪl] 斯賣兒	動 微笑
☑ ****smoke** [smok] 斯莫刻	動 抽煙 名 煙
☑ ****snack** [snæk] 斯內刻	名 點心
☑ **snail** [snel] 斯內兒	名 蝸牛
☑ ****snake** [snek] 斯內刻	名 蛇
☑ **sneakers** [ˈsnikɚz] 斯尼刻兒日	名 布鞋
☑ **sneaky** [ˈsnikɪ] 斯尼刻衣	形 鬼祟的；卑鄙的

A B C D E F G H I J K L M N O P Q R S T U V W X Y Z

英文 & 中文注音	中文注釋
☑ **snow [sno] 斯諾	名 雪 動 下雪
☑ snowman ['snomən] 斯諾面	名 雪人
☑ snowy ['snoɪ] 斯諾衣	形 下雪的
☑ **so [so] 受	形 那麼 連 因此
☑ soap ['sop] 受波	名 肥皂
☑ soccer ['sɑkɚ] 受刻兒	名 足球
☑ social ['soʃəl] 受秀兒	形 社會的；社交的
☑ society [sə'saɪətɪ] 受賽兒替	名 社會
☑ **socks [sɑks] 煞刻斯	名 襪子
☑ soda ['sodə] 受搭	名 汽水

英文 & 中文注音	中文注釋
☐ ****sofa** ['sofə] 受發	名 沙發椅
☐ **soft drink** ['sɔft,drɪŋk] 受夫徹珠瑞刻	名 冷飲（不含酒精的汽水類飲料）
☐ ****some** [sʌm] 善	形 一些；某些 代 某些人；有些人
☐ ****somebody** ['sʌm,badɪ] 善巴滴	代 某人
☐ ****someone** ['sʌm,wʌn] 善萬	代 某個人
☐ ****something** ['sʌmθɪŋ] 善信	代 某事；某物
☐ ****sometimes** ['sʌm'taɪmz] 善探斯	副 有時
☐ ****somewhere** ['sʌm,hwɛr] 善惠兒	副 某地
☐ ****son** [sʌn] 尚	名 兒子
☐ ****song** [sɔŋ] 送	名 歌

英文 & 中文注音	中文注釋
☑ **soon [sun] 舜	副 很快地；不久
☑ sore ['sor] 受兒	形 酸痛的
☑ **sorry ['sɔrɪ] 搜瑞	形 抱歉；遺憾
☑ soul ['sol] 受	名 靈魂
☑ **sound [saʊnd] 尚得	名 聲音 動 聽起來
☑ **soup [sup] 速波	名 湯
☑ sour [saʊr] 哨兒	形 酸的
☑ **south [saʊθ] 紹溼	名 南邊
☑ soy-sauce ['sɔɪˌsɔs] 搜衣受斯	名 醬油
☑ **space [spes] 斯倍斯	名 空間；太空；場地

英文 & 中文注音	中文注釋
☑ **spaghetti** [spə'gɛtɪ] 斯巴給耶替	名 義大利麵
☑ ****speak** [spik] 斯碧克	動 說話
☑ **speaker** ['spikɚ] 斯碧克兒	名 擴音器；演說者
☑ ****special** ['spɛʃəl] 斯倍秀兒	形 特別；特製的 名 特餐；電視特別節目
☑ **speech** [spitʃ] 斯碧取	名 演講
☑ **speed** [spid] 斯斃得	名 速度 動 超速
☑ ****spell** [spɛl] 斯倍兒	動 拼字
☑ ****spend** [spɛnd] 斯變得	動 花（錢）；花（時間）
☑ **spider** ['spaɪdɚ] 斯派得兒	名 蜘蛛
☑ **spirit** ['spɪrɪt] 斯碧瑞徹	名 精神；幽靈

英文 & 中文注音	中文注釋
☑ **spoon [spun] 斯笨	名 湯匙
☑ **sports [spɔrts] 斯播次	名 運動（sport的複數） 形 與運動有關的
☑ **spring [sprɪŋ] 斯普林	名 春天
☑ **square [skwɛr] 斯跪兒	名 正方形 形 正方形的
☑ stairs [stɛrz] 斯貼兒日	名 樓梯
☑ stamp ['stæmp] 斯奠波	名 郵票 動 蓋章
☑ **stand [stænd] 斯奠得	動 站 名 小攤子
☑ **star [stɑr] 斯大兒	名 星星；明星
☑ **start [stɑrt] 斯大徹	動 開始；啟動（車子）
☑ state ['stet] 斯爹徹	名 （美國）一州；國家；狀態

英文 & 中文注音	中文注釋
☑ ****station** [ˈsteʃən] 斯爹遜	名 車站；站台
☑ **stationery** [ˈsteʃənɛrɪ] 斯爹遜兒瑞	名 文具
☑ ****stay** [ste] 斯爹	動 停留 名 短暫停留
☑ ****steak** [stek] 斯爹刻	名 牛排
☑ **steal** [stil] 斯地兒	動 偷 名 （口語）便宜貨
☑ **steam** [stim] 斯地恩	名 水蒸氣 動 蒸
☑ **step** [stɛp] 斯爹波	名 步；腳步 動 踏
☑ ****still** [stɪl] 斯滴兒	副 仍然 形 不動的；靜止的
☑ **stingy** [ˈstɪndʒɪ] 斯地印季	形 小氣的
☑ ****stomach** [ˈstʌmək] 斯塔莫刻	名 胃

英文 & 中文注音	中文注釋
☑ **stomachache** [ˈstʌmək͵ek] 斯搭莫刻耶刻	名 胃痛
☑ **stone** [ˈston] 斯洞	名 石頭
☑ ****stop** [stɑp] 斯逗波	動 停 名 停車站
☑ ****store** [stor] 斯豆兒	名 商店；儲存 動 儲藏
☑ **storm** [stɔrm] 斯洞恩	名 暴風雨 動 颳暴風雨
☑ **stormy** [ˈstɔrmɪ] 斯逗咪	形 暴風雨的
☑ ****story** [ˈstorɪ] 斯豆瑞	名 故事
☑ **stove** [stov] 斯逗夫	名 火爐
☑ **straight** [stret] 斯粗累徹	形 直的
☑ ****strange** [strendʒ] 斯徹潤舉	形 奇怪；陌生的

英文 & 中文注音	中文注釋
☑ ****stranger** [ˈstrendʒɚ] 斯徹瑞舉兒	名 陌生人
☑ **straw** [strɔ] 斯徹漏	名 吸管；稻草
☑ **strawberry** [ˈstrɔˌbɛrɪ] 斯徹漏貝瑞	名 草莓
☑ **stream** [strim] 斯粗恩	名 小溪；流水
☑ ****street** [strit] 斯粗徹	名 街道
☑ **strike** [straɪk] 斯粗賴刻	動 敲；罷工 名（棒球）好球
☑ ****strong** [strɔŋ] 斯徹弄	形 強壯的；堅固的
☑ ****student** [ˈstjudn̩t] 斯丟得恩徹	名 學生
☑ ****study** [ˈstʌdɪ] 斯搭滴	動 用功；研究 名 書房
☑ ****stupid** [ˈstjupɪd] 斯丟比得	形 愚；蠢

英文 & 中文注音	中文注釋
☑ **style** [staɪl] 斯待兒	名 樣式；形式；髮型；風格
☑ **subject** [ˈsʌbdʒɪkt] 殺不借刻徹	名 主題；科目
☑ **subway** [ˈsʌbˌwe] 殺不衛	名 地下鐵
☑ **succeed** [səkˈsid] 殺刻細得	動 成功
☑ **success** [səkˈsɛs] 殺刻洩斯	名 成功
☑ ****successful** [səkˈsɛsfəl] 沙克洩斯霍	形 成功的
☑ **such** [sʌtʃ] 煞取	形 如此的
☑ **sudden** [ˈsʌdn̩] 殺得兒恩	形 突然的；出其不意的
☑ ****sugar** [ˈʃʊgɚ] 咻個兒	名 糖
☑ **suggest** [səgˈdʒɛst] 殺個借斯徹	動 建議；提議

英文 & 中文注音	中文注釋
⧄ **suit** [sut] 速徹	名 西裝 動 合適
⧄ ****summer** [ˈsʌmɚ] 殺莫兒	名 夏天
⧄ ****sun** [sʌn] 尚	名 太陽
⧄ ****Sunday** [ˈsʌnde] 尚爹	名 星期日
⧄ ****sunny** [ˈsʌnɪ] 尚尼	形 出大太陽的
⧄ **super** [ˈsupɚ] 咻波兒	形 超級的；很好的
⧄ ****supermarket** [ˈsupɚˌmɑrkɪt] 休波兒罵兒刻衣徹	名 超級市場
⧄ **supper** [ˈsʌpɚ] 殺波兒	名 晚餐
⧄ **support** [sɚˈport] 殺破徹	動 支持 名 支撐
⧄ ****sure** [ʃʊr] 咻兒	形 的確的；確定；毫無疑問的

A B C D E F G H I J K L M N O P Q R S T U V W X Y Z

英文 & 中文注音	中文注釋
☑ **surf** [ˈsɝf] 色夫	動 衝浪；（在網際網路上）瀏覽
☑ ****surprise** [sɚˈpraɪz] 殺兒普瑞斯	動 使驚訝
☑ ****surprised** [sɚˈpraɪzd] 殺而普瑞斯得	形 訝異的；驚訝的；驚喜的
☑ **survive** [sɚˈvaɪv] 色兒外夫	動 仍然活著；逃過～之害
☑ **swallow** [ˈswɑlo] 斯娃囉	動 吞 名 燕子
☑ **swan** [swɑn] 斯娃恩	名 天鵝
☑ ****sweater** [ˈswɛtɚ] 斯威特兒	名 毛衣
☑ **sweep** [swip] 斯衛衣波	動 掃地
☑ ****sweet** [swit] 斯衛徹	形 甜的；可愛的
☑ ****swim** [ˈswɪm] 斯衛恩	動 游泳

英文 & 中文注音	中文注釋
☑ **swimsuit** [ˈswɪmˌsut] 斯衛恩咻徹	名 游泳衣
☑ **swing** [swɪŋ] 斯衛衣恩	動 前後搖擺 名 鞦韆
☑ **symbol** [ˈsɪmbl̩] 信波兒	名 象徵；符號
☑ **system** [ˈsɪstəm] 細斯特兒恩	名 系統；制度

T

Mp3-21

英文 & 中文注音	中文注釋
☑ ****table** [ˈtebl̩] 貼伯	名 桌子
☑ **table tennis** [ˈtebl̩ˌtɛnɪs] 貼伯 天尼斯	名 乒乓球
☑ **tail** [tel] 貼兒	名 尾巴
☑ ****Taiwan** [ˈtaɪˈwɑn] 台萬	名 台灣
☑ ****take** [tek] 貼克	動 拿

英文 & 中文注音	中文注釋
☑ talent ['tælənt] 貼嫩徹	名 天賦；才華；才藝
☑ **talk [tɔk] 脫克	動 說話 名 會談
☑ talkative ['tɔkətɪv] 脫克替夫	形 愛說話的；多嘴的
☑ **tall [tɔl] 透兒	形 高的
☑ tangerine [ˌtændʒə'rin] 天舉兒潤	名 柑橘
☑ tank [tæŋk] 天刻	名 水槽；坦克車
☑ **tape [tep] 貼普	名 錄音帶；扁薄的帶子
☑ **taste [test] 貼斯徹	名 品味 動 品嚐；嚐起來
☑ **taxi ['tæksɪ] 貼克細	名 計程車；的士
☑ **tea [ti] 替	名 茶

英文 & 中文注音	中文注釋
☐ ****teach** [titʃ] 替取	動 教
☐ ****teacher** [ˈtitʃɚ] 替球兒	名 教師
☐ ****team** [tim] 替恩	名 隊伍；團隊；一組
☐ **teapot** [ˈtipɑt] 替破徹	名 茶壺
☐ **tear** [tɪr] 替兒	名 眼淚 動 [tɛr] 撕破
☐ ****teenager** [ˈtinˌedʒɚ] 亭耶舉兒	名 十幾歲的青少年
☐ ****telephone** [ˈtɛləfon] 貼了奉	名 電話（簡稱phone）
☐ ****television** [ˈtɛləˌvɪʒən] 貼了衛衣郡	名 電視（簡稱TV）
☐ ****tell** [tɛl] 帖而	動 告訴某人；命令
☐ **temperature** [ˈtɛmprətʃɚ] 天普利球兒	名 溫度；體溫

英文 & 中文注音	中文注釋
☑ **temple** ['tɛmpḷ] 天波兒	名 寺廟
☑ ****ten** [tɛn] 天	名 （數字）十 形 十個
☑ ****tennis** [tɛnɪs] 天你斯	名 網球
☑ **tent** [tɛnt] 天徹	名 帳篷
☑ ****tenth** [tɛnθ] 天斯	形 第十
☑ **term** [tɝm] 特兒恩	名 學期；期限；條件
☑ **terrible** ['tɛrəbḷ] 貼了伯	形 差勁的；（口語）糟透的；可怕的
☑ **terrific** [tə'rɪfɪk] 貼了非衣刻	形 （口語）非常好的
☑ ****test** [tɛst] 貼斯徹	名 測驗；考試 動 測試
☑ **textbook** ['tɛkst͵bʊk] 貼刻斯不刻	名 教科書

英文 & 中文注音	中文注釋
☑ ****than** [ðæn] 鏈	連 比
☑ ****thank** [θæŋk] 羨克	動 謝謝
☑ **Thanksgiving** [θæŋks′gɪvɪŋ] 羨克斯季溫	名 （美國的）感恩節
☑ ****that** [ðæt] 烈徹	代 那個 形 那邊的
☑ ****the** [ðə] 得	形 這個
☑ ****theater** [′θiətɚ] 細而特兒	名 戲院
☑ ****then** [ðɛn] 鏈	副 那時；然後
☑ ****there** [ðɛr] 烈兒	名 那裡 形 在那裡 副 那裡
☑ **therefore** [′ðɛr,for] 烈兒惑兒	副 因此；所以
☑ ****their** [ðɛr] 烈兒	代 他們的

A B C D E F G H I J K L M N O P Q R S T U V W X Y Z

英文 & 中文注音	中文注釋
☑ ****theirs** [ðɛrz] 烈兒斯	代 他們的東西
☑ ****them** [ðɛm] 念恩	代 他們；they 的受格
☑ ****themselves** [ðɛm'sɛlvz] 念恩洩而夫日	代 他們自己
☑ ****these** [ðiz] 利斯	代 這些 形 這些的
☑ ****they** [ðe] 烈	代 他們
☑ **thick** [θɪk] 細刻	形 厚的；濃稠的
☑ **thief** [θif] 細夫	名 賊；小偷
☑ ****thin** [θɪn] 信	形 薄 動（把頭髮）打薄
☑ ****thing** [θɪŋ] 信	名 物；事物
☑ ****think** [θɪŋk] 信刻	動 想；認為

英文 & 中文注音	中文注釋
☑ ****third** [θɝd] 色兒得	形 第三
☑ ****thirsty** ['θɝstɪ] 色而斯替	形 渴的
☑ ****thirteen** [θɝ'tin] 色而亭	名（數字）十三 形 十三個
☑ **thirteenth** [θɝ'tinθ] 色而亭溼	形 第十三
☑ **thirtieth** ['θɝtɪɪθ] 色而替溼	形 第三十
☑ ****thirty** ['θɝtɪ] 色而替	名（數字）三十 形 三十個
☑ ****this** [ðɪs] 利斯	代 這個 形 這裡的
☑ ****those** [ðoz] 肉斯	代 那些 形 那些的
☑ ****though** [ðo] 肉	連 雖然（和although通用）
☑ **thought** [θɔt] 受徹	動 想（think的過去式）；認為

英文 & 中文注音	中文注釋
☑ **thousand** [ˈθaʊzənd] 燒忍得	名（數字）一千 形 一千個
☑ **three** [θri] 輸利	名（數字）三 形 三個
☑ **throat** [θrot] 斯漏徹	名 喉嚨
☑ **through** [θru] 斯路	介 透過 形 完成了 副 穿透
☑ **throw** [θro] 斯漏	動 投擲
☑ **thumb** [θʌm] 尚	名 大拇指
☑ **thunder** [ˈθʌndɚ] 尚得兒	名 雷
☑ **Thursday** [ˈθɝzde] 色兒斯爹	名 星期四
☑ **ticket** [ˈtɪkɪt] 替刻徹	名 票；單子；交通罰單
☑ **tidy** [ˈtaɪdɪ] 太滴	形 井然的；整齊的

英文 & 中文注音	中文注釋
☑ **tie** [taɪ] 太	動 綁；並列；同分 名 結
☑ ****tiger** ['taɪgɚ] 胎哥兒	名 老虎
☑ **till** ['tɪl] 替兒	介 直到
☑ ****time** ['taɪm] 太恩	名 時間
☑ **tiny** ['taɪnɪ] 太尼	形 很小的
☑ **tip** [tɪp] 替波	名 尖端；頂點；小費
☑ ****tired** [taɪrd] 太兒得	形 疲倦的
☑ **title** ['taɪtl̩] 太頭	名 標題；題目
☑ ****to** [tu] 吐	介 到
☑ **toast** [tost] 透斯徹	名 烤土司麵包；祝酒

A B C D E F G H I J K L M N O P Q R S T U V W X Y Z

英文 & 中文注音	中文注釋
☑ ****today** [tə'de] 土爹	名 今天
☑ **toe** [to] 透	名 腳趾
☑ **tofu** ['to'fu] 透夫	名 豆腐
☑ ****together** [tə'gɛðɚ] 土給耶惹兒	形 在一起 副 一起
☑ **toilet** ['tɔɪlɪt] 透衣累徹	名 馬桶
☑ ****tomato** [tə'meto] 托妹托	名 蕃茄
☑ ****tomorrow** [tə'mɑro] 托媽囉	名 明天
☑ **tongue** [tʌŋ] 燙	名 舌頭
☑ ****tonight** [tə'naɪt] 土奈	副 今晚 名 今晚
☑ ****too** [tu] 吐	副 也；太過於

英文 & 中文注音	中文注釋
☑ **tool** [tul] 吐兒	名 工具
☑ ****tooth** [tuθ] 吐斯	名 牙齒
☑ **toothache** [ˈtuθˌek] 吐斯耶刻	名 牙疼
☑ **toothbrush** [ˈtuθˌbrʌʃ] 吐斯布拉須	名 牙刷
☑ **top** [tɑp] 踏波	名 頂端 形 頂尖的；第一的
☑ **topic** [ˈtɑpɪk] 塌披刻	名 主題
☑ **total** [ˈtotl̩] 托頭	名 總和 形 全部的 動 （加起來）總共
☑ ****touch** [tʌtʃ] 踏取	動 聯絡；觸摸
☑ **toward** [tɔrd] 透得	介 朝向～
☑ ****towel** [ˈtaʊəl] 套兒	名 毛巾

A B C D E F G H I J K L M N O P Q R S T U V W X Y Z

英文 & 中文注音	中文注釋
☑ **tower** ['taʊr] 套兒	名 塔
☑ ****town** [taʊn] 燙	名 城市；城鎮
☑ ****toy** [tɔɪ] 透衣	名 玩具
☑ **trace** [tres] 粗烈斯	動 追蹤；描圖 名 痕跡
☑ **trade** [tred] 粗烈得	動 貿易；交易 名 交易；買賣
☑ **tradition** [trə'dɪʃən] 粗烈滴遜	名 傳統
☑ **traditional** [trə'dɪʃənḷ] 粗烈滴遜呢	形 傳統的
☑ ****traffic** ['træfɪk] 粗累非衣刻	名 交通
☑ ****train** [tren] 粗累恩	名 火車 動 訓練
☑ **trap** [træp] 粗烈波	名 陷阱 動 落入圈套

英文 & 中文注音	中文注釋
☐ **trash** [træʃ] 粗烈須	名 垃圾
☐ **travel** [ˈtrævl̩] 粗烈佛兒	動 旅行
☐ **treasure** [ˈtrɛʒɚ] 粗累舉兒	名 財寶；寶物
☐ **treat** [trit] 粗利徹	動 請客；對待；治療
☐ ****tree** [tri] 粗利	名 樹
☐ **triangle** [traɪˈæŋgl̩] 粗賴煙夠兒	名 三角形
☐ **trick** [trɪk] 粗利刻	名 詭計；把戲
☐ ****trip** [trɪp] 粗利波	名 旅程；旅遊 動 絆到
☐ ****trouble** [ˈtrʌbl̩] 粗拉伯	名 麻煩；困難
☐ **trousers** [ˈtraʊzɚz] 粗撈惹兒日	名 長褲

英文 & 中文注音	中文注釋
☑ ****truck** [trʌk] 粗辣刻	名 卡車
☑ ****true** [tru] 粗路	形 真的
☑ **trumpet** [ˈtrʌmpɪt] 粗辣庇徹恩	名 小喇叭
☑ **trust** [trʌst] 粗辣斯徹	動 信任 名 信任；信託
☑ **truth** [truθ] 粗路斯	名 事實
☑ ****try** [traɪ] 粗賴	動 嘗試
☑ **T-shirt** [ˈtiˌʃɝt] 踢秃兒徹	名 T恤；襯衫
☑ **tub** [tʌb] 踏波	名 浴缸；木桶
☑ ****Tuesday** [ˈtjuzde] 禿悠斯爹	名 星期二
☑ **tunnel** [ˈtʌnl̩] 踏呢	名 地下道；隧道

英文 & 中文注音	中文注釋
☑ **turkey** ['tɝkɪ] 透兒刻衣	名 火雞
☑ ****turn** [tɝn] 透兒恩	動 轉彎 名 轉彎；輪流
☑ **turtle** ['tɝtl̩] 透兒頭	名 烏龜
☑ **twelfth** ['twɛlfθ] 退而夫溼	形 第十二
☑ ****twelve** [twɛlv] 退而夫	名（數字）十二 形 十二個
☑ **twentieth** ['twɛntɪɪθ] 退恩替斯	形 第二十
☑ ****twenty** ['twɛntɪ] 退恩替	名（數字）二十 形 二十個
☑ **twice** ['twaɪs] 粗賴斯	副 兩次
☑ ****two** [tu] 吐	名（數字）二 形 二個
☑ **type** [taɪp] 太波	名 型式；種類 動 打字

英文 & 中文注音	中文注釋
☑ **typhoon [taɪ'fun] 颱護恩	名 颱風

U

Mp3-22

英文 & 中文注音	中文注釋
☑ ugly ['ʌglɪ] 阿哥哩	形 醜的
☑ **umbrella [ʌm'brɛlə] 安不累了	名 雨傘
☑ **uncle ['ʌŋkḷ] 安叩	名 叔伯；舅舅
☑ **under ['ʌndɚ] 安得兒	介 在～下面
☑ underline [ˌʌndɚ'laɪn] 安得兒賴恩	動 畫底線 名 底線
☑ underpass ['ʌndɚˌpæs] 安得兒帕斯	名 地下道
☑ **understand [ˌʌndɚ'stænd] 安得兒斯奠得	動 瞭解；明白
☑ underwear ['ʌndɚˌwɛr] 安得兒衛兒	名 內衣褲

英文 & 中文注音	中文注釋
☑ ****unhappy** [ʌn'hæpɪ] 安黑批	形 不快樂的
☑ ****uniform** ['junə,fɔrm] 悠尼奉	名 制服
☑ **unique** [ju'nik] 悠溺刻	形 獨特的
☑ **universe** ['junəvɝs] 悠呢佛兒斯	名 宇宙
☑ **university** [,junə'vɝsətɪ] 悠尼佛兒色替	名 大學
☑ ****until** [ʌn'tɪl] 安替兒	介 直到
☑ ****up** [ʌp] 啊波	介 朝上
☑ **upon** [ə'pɑn] 阿胖	介 在～的上面；與on相同
☑ **upper** ['ʌpɚ] 阿波兒	形 屬於上面的；上方的
☑ **upstairs** [ʌp'stɛrz] 阿波斯爹兒日	名 樓上

A B C D E F G H I J K L M N O P Q R S T U V W X Y Z

英文 & 中文注音	中文注釋
☑ ****us** [ʌs] 啊斯	代 我們；we 的受格
☑ ****USA** [ˈjuˈɛsˈe] 悠 耶斯 耶	名 美國
☑ ****use** [juz] 又斯	動 使用；利用 名 [jus] 用途；用法
☑ ****useful** [ˈjusfəl] 又斯霍	形 有用的；有助益的
☑ **usual** [ˈjuʒʊəl] 悠舉兒	形 普通的；通常的
☑ ****usually** [ˈjuʒʊəlɪ] 悠久利	副 通常

V

Mp3-23

英文 & 中文注音	中文注釋
☑ ****vacation** [vəˈkeʃən] 佛兒刻耶遜	名 休假；假期
☑ **Valentine** [ˈvælənˌtaɪn] 娃念太恩	名 情人節
☑ **valley** [ˈvælɪ] 非耶哩	名 山谷；河谷

英文 & 中文注音	中文注釋
☑ **valuable** ['væljʊəbḷ] 非耶了悠伯	形 貴重的
☑ **value** ['vælju] 非耶了悠	名 價值 動 估價
☑ ****vegetable** ['vɛdʒtəbḷ] 衛舉特伯兒	名 蔬菜
☑ **vendor** ['vɛndɚ] 非耶煙得兒	名 小販；販售機
☑ ****very** ['vɛrɪ] 衛瑞	副 很
☑ **vest** ['vɛst] 非耶斯徹	名 背心
☑ **victory** ['vɪktərɪ] 非衣刻特兒瑞	名 勝利
☑ ****video** ['vɪdɪˌo] 衛滴歐	形 有影像的；電視的
☑ **village** ['vɪlɪdʒ] 非衣利舉	名 村莊
☑ **vinegar** ['vɪnɪgɚ] 非衣尼個兒	名 醋

A B C D E F G H I J K L M N O P Q R S T U V W X Y Z

英文 & 中文注音	中文注釋
☑ **violin** [ˌvaɪəˈlɪn] 外兒吝	名 小提琴
☑ **visit [ˈvɪzɪt] 衛日衣徹	動 拜訪
☑ **visitor** [ˈvɪzɪtɚ] 非衣日特兒	名 訪客；外地人
☑ **vocabulary** [vəˈkæbjəˌlɛrɪ] 佛兒刻耶鏢悠兒瑞	名 字彙
☑ **voice [vɔɪs] 佛衣斯	名 聲音
☑ **volleyball** [ˈvɑlɪˌbɔl] 娃利播兒	名 排球
☑ **vote** [vot] 佛兒徹	動 投票 名 票數

W

Mp3-24

英文 & 中文注音	中文注釋
☑ **waist** [west] 衛斯徹	名 腰部；腰圍
☑ **wait [wet] 衛徹	動 等

英文 & 中文注音	中文注釋
☑ **waiter [ˈwetɚ] 衛特兒	名 侍者
☑ **waitress [ˈwetrɪs] 衛粗利斯	名 女服務生
☑ **wake [wek] 衛克	動 吵醒
☑ **walk [wɔlk] 沃克	動 步行 名 散步
☑ walkman [ˈwɔlkmən] 沃克面	名 （聽音樂的）隨身聽
☑ **wall [wɔl] 沃	名 牆
☑ wallet [ˈwɑlɪt] 娃利徹	名 皮包；皮夾子
☑ **want [wɑnt] 萬徹	動 要
☑ war [wɔr] 沃	名 戰爭
☑ **warm [wɔrm] 握恩	形 暖和；溫暖的

A B C D E F G H I J K L M N O P Q R S T U V W X Y Z

英文 & 中文注音	中文注釋
☑ ****was** [wɑz] 襪斯	動 是；be的第一人稱和第三人稱過去式
☑ ****wash** [wɑʃ] 襪須	動 洗
☑ **waste** [west] 衛斯徹	動 浪費 名 糟蹋；浪費；廢物
☑ ****watch** [wɑtʃ] 襪取	名 手錶 動 觀看；監視
☑ ****water** [ˈwɑtɚ] 襪特兒	名 水
☑ **waterfall** [ˈwɑtɚˌfɔl] 娃特兒惑	名 瀑布
☑ **watermelon** [ˈwɑtɚˌmɛlən] 娃特妹嫩	名 西瓜
☑ **wave** [wev] 衛夫	名 浪潮；波浪 動 揮手；揮舞
☑ ****way** [we] 衛	名 方法；路程

英文 & 中文注音	中文注釋
☑ **we [wi] 衛衣	代 我們 ＊以下是與we有關的字＊ us 受格 our 所有格：我們的 ours 所有代名詞：我們的東西 ourselves 反身代名詞：我們自己
☑ **weak [wik] 衛衣刻	形 軟弱的
☑ **wear [wɛr] 衛兒	動 穿；戴；擦（香水、防曬油）
☑ **weather [ˈwɛðɚ] 衛惹兒	名 天氣
☑ wedding [ˈwɛdɪŋ] 衛丁	名 婚禮
☑ **Wednesday [ˈwɛnzde] 衛恩斯爹	名 星期三
☑ **week [wik] 衛衣克	名 星期
☑ weekday [ˈwikˈde] 衛衣刻爹	名 週一至週五都是 weekday
☑ **weekend [ˈwikˈɛnd] 衛肯得	名 週末

A B C D E F G H I J K L M N O P Q R S T U V W X Y Z

英文 & 中文注音	中文注釋
☑ **weight** [wet] 衛徹	名 重量
☑ ****welcome** ['wɛlkəm] 威而康	動 名 歡迎 形 受歡迎的
☑ ****well** [wɛl] 衛兒	副 好；適當地 形 健康的
☑ ****were** [wɝ] 沃兒	動 是；be 的第二人稱和複數過去式
☑ ****west** [wɛst] 衛斯徹	名 西邊
☑ ****wet** [wɛt] 衛徹	形 潮濕的
☑ **whale** [hwel] 惠兒	名 鯨魚
☑ ****what** [hwɑt] 化徹	代 什麼東西
☑ **wheel** [hwil] 惠衣兒	名 車輪
☑ ****when** [hwɛn] 惠恩	副 什麼時候

英文 & 中文注音	中文注釋
☑ **where [hwɛr] 惠兒	副 何地
☑ **whether [ˈhwɛðɚ] 惠惹兒	連 是否
☑ **which [hwɪtʃ] 惠取	代 哪一個
☑ while [hwaɪl] 壞兒	連 當～的時候
☑ **white [hwaɪt] 壞徹	名 白色 形 白色的
☑ **who [hu] 護	代 誰
☑ whole [hol] 候	形 全部的；整體的
☑ **whose [huz] 護斯	代 誰的
☑ **why [hwaɪ] 壞	副 為什麼
☑ wide [waɪd] 外得	形 寬的

英文 & 中文注音	中文注釋
☑ ****wife** [waɪf] 外夫	名 太太；妻
☑ **wild** [waɪld] 外兒得	形（動物）野生的；未開化的；荒野的
☑ ****will** [wɪl] 衛兒	動 將要；一定要（過去式是would） 名 意志；遺囑
☑ ****win** [wɪn] 衛恩	動 贏 名 勝利
☑ ****wind** [wɪnd] 穩恩得	名 風
☑ ****window** ['wɪndo] 穩恩逗	名 窗戶
☑ ****windy** ['wɪndɪ] 穩恩滴	形 起風的；颳風的
☑ **wing** [wɪŋ] 衛印	名 翅膀
☑ **winner** ['wɪnɚ] 衛印呢	名 勝利者；贏家
☑ ****winter** ['wɪntɚ] 溫特兒	名 冬天

英文 & 中文注音	中文注釋
☑ ****wise** [waɪz] 外斯	形 睿智的
☑ ****wish** [wɪʃ] 衛須	動 希望 名 願望
☑ ****with** [wið] 衛斯	介 與～一起
☑ ****without** [wɪð'aʊt] 威斯奧徹	介 沒有
☑ **wok** [wɑk] 沃刻	名 （中國式）炒鍋
☑ **wolf** [wʊlf] 誤兒夫	名 狼
☑ ****woman** ['wʊmən] 屋悶	名 女人；女性
☑ **women's room** ['wɪmənzˌrum] 衛衣面日潤	名 女廁
☑ ****wonderful** ['wʌndɚfəl] 萬得霍兒	形 好棒的；絕妙的；好極了
☑ **wood** [wud] 屋得	名 木頭；木柴

A B C D E F G H I J K L M N O P Q R S T U V W X Y Z

英文 & 中文注音	中文注釋
☑ **woods** [wudz] 屋日	名 小樹林
☑ ****word** [wɝd] 沃而得	名 字；話
☑ ****work** [wɝk] 沃刻	動 工作；上班 名 工作
☑ ****workbook** [ˈwɝkˌbʊk] 沃刻布刻	名 練習簿
☑ ****worker** [ˈwɝkɚ] 沃刻兒	名 工人；工作者
☑ ****world** [wɝld] 沃而得	名 世界
☑ ****worry** [ˈwɝɪ] 沃瑞	動 憂慮；擔心（多用被動式）
☑ **wound** [wund] 誤恩得	名 傷 動 受傷
☑ **wrist** [rɪst] 瑞斯徹	名 手腕
☑ ****write** [raɪt] 瑞徹	動 寫

英文 & 中文注音	中文注釋
☑ **writer [ˈraɪtɚ] 瑞特兒	名 作家；作者
☑ **wrong [rɔŋ] 弄	形 錯的

Y

Mp3-25

英文 & 中文注音	中文注釋
☑ yard [jɑrd] 呀得	名 院子
☑ **yeah [jɑ] 呀	嘆 （口語）是的
☑ **year [jɪr] 意兒	名 年
☑ **yellow [ˈjɛlo] 耶漏	名 黃色 形 黃色的
☑ **yes [jɛs] 葉斯	嘆 是的（普通可以說 yeah）
☑ **yesterday [ˈjɛstɚde] 葉斯特爹	名 昨天
☑ **yet [jɛt] 葉徹	副 還沒；然而；可是

A B C D E F G H I J K L M N O P Q R S T U V W X Y Z

英文 & 中文注音	中文注釋
☑ ****you** [jʊ] 悠	代 你；你們
☑ ****your** [jʊr] 悠兒	代 你的；你們的
☑ ****yours** [jʊrz] 悠兒斯	代 你的東西；你們的東西
☑ ****yourself** [jʊr'sɛlf] 悠兒洩兒夫	代 你自己
☑ ****yourselves** [jʊr'sɛlvz] 悠兒洩兒夫斯	代 你們自己
☑ ****young** [jʌŋ] 漾	形 年輕的
☑ **youth** [juθ] 幼斯	名 年輕；青春
☑ **yummy** ['jʌmɪ] 壓咪	形 好吃的

Z

Mp3-26

英文 & 中文注音	中文注釋
☑ **zebra** ['zibrə] 日衣布囉	名 斑馬

英文 & 中文注音	中文注釋
☑ **zero** ['zɪro] 日衣囉	名 零
☑ ****zoo** [zu] 辱	名 動物園

國家圖書館出版品預行編目資料

用中文輕鬆學英文--單字篇（增訂1版）/ 張瑪麗編著.
-- 新北市：哈福企業, 2024.02
面；　公分. --（英語系列；87）
ISBN　978-626-98088-9-2（平裝）
1.CST: 英語　2.CST: 詞彙

805.12

免費下載QR Code音檔
行動學習，即刷即聽

用中文輕鬆學英文-單字篇
(附QR碼線上音檔)

作者／張瑪麗
責任編輯／ William Wang
封面設計／李秀英
內文排版／林樂娟
出版者／哈福企業有限公司
地址／新北市淡水區民族路 110 巷 38 弄 7 號
電話／ (02) 2808-4587
傳真／ (02) 2808-6545
郵政劃撥／ 31598840
戶名／哈福企業有限公司
出版日期／ 2024 年 2 月　再版二刷／ 2024 年 9 月
台幣定價／ 299 元 (附線上 MP3)
港幣定價／ 100 元 (附線上 MP3)
封面內文圖 / 取材自 Shutterstock

全球華文國際市場總代理／采舍國際有限公司
地址／新北市中和區中山路 2 段 366 巷 10 號 3 樓
電話／ (02) 8245-8786 傳真／ (02) 8245-8718
網址／ www.silkbook.com 新絲路華文網

香港澳門總經銷／和平圖書有限公司
地址／香港柴灣嘉業街 12 號百樂門大廈 17 樓
電話／ (852) 2804-6687
傳真／ (852) 2804-6409

email ／ welike8686@Gmail.com
facebook ／ Haa-net 哈福網路商城

電子書格式：PDF

哈福

哈福

哈福

哈福